DECLAMATION

CONTRE L'ERREVR EXECRABLE DES MALEFICIERS, SORciers, Enchanteurs, Magiciens, Deuins, & semblables obseruateurs des superstitions: lesquelz pullulent maintenant couuertement en France: àce que recherche, & punition d'iceux soit faicte, sur peine de rentrer en plus grands troubles que iamais.

Plus les Articles & Erreurs touchant ceste matiere condemnez à Paris par la faculté de Theologie: auec vne treschrestiene, & docte Preface faicte à ceste censure par M. Iehan Gerson: & les Docteurs de ladicte facul.é.

Par F. Pierre Nodé Minime,

L'aduenement d'Antechrist est selon l'œuure de Sathan, en toute vertu signes & prodiges mensongers, & en toute seduction d'iniquité, pour ceux qui perissent.
2. Thessal. 2.

A PARIS,

Chez Iean du Carroy Imprimeur, demeurant ruë sainct Victor, à l'Image nostre Dame.

1578.

AVEC PRIVILEGE.

SONNET.

Bien que les cieux voutez, bien que la terre baſſe
Ayent eſté peuplez, chacun d'eux endroit ſoy
De diuers habitans, & que Dieu leur grand Roy
Leur ayt preſque en egal, diſtribué leur grace.
  Touteſfois les demons qui vouloient prendre place
Au lieu plus excellent tournez en deſarroy,
Ont perdu leur degré, & l'equitable loy
Du iuſte Createur, a puny leur audace:
  Ainſi ſont demourez garnis d'eſpris diuers
Les cieux, le feu, l'air, l'eau, la terre, & les enfers,
Et combien que là hault reſide le bon Ange.
  Maintenant parmy nous en ces terreſtres lieux
Loge l'eſprit damné, qui maluueillant ſe change
En Ange de lumiere, enſorcelant noz yeux.

Muſis ſine tempore tempus.

D'AMBOYSE.

Autre ſonnet au lecteur ſur le contenu de ce diſcours.

Deſire tu, lecteur, de Circe charmereſſe
Euiter les appas, & des demons nuicteux
Les abois importuns. Deſire tu ſongneux
Découurir des Deuins la rage pipereſſe!
  Veux tu voir des Sorciers vne idolatre preſſe
Rauager çà & là, par tourbillons venteux
L'ouurage iauniſſant du bœuf laborieux:
Lis ce gentil diſcours, que cét autheur t'adreſſe.
  Pouſſé de charité: à fin que toy voyant
Combien s'eſt écoulé ce poyſon flamboyant
Sur ce pays François, d'vne rare prudence
  Tu t'en puiſſe garder. Car le dard inhumain
Eſtant par toy preueu, te fait moins de nuiſſance.

F. ÆSTIENNE. M.

ADVERTISSEMENT AV

Lecteur, vtile à ceux qui ont peine à se persuader qu'il y a vn Dieu, des diables, des
Sorciers, ou leurs abominables effects. Et
pourquoy Dieu les permet.

Ombien de temps il y a (amy lecteur)
que cest erreur horrible & detestable,
contre lequel nous declamôs, a prins cours
en noz Gaules, venãt des idolastres Æ-
gyptiens, & des Perses, qui en dressoient publicques
escolles pour leurs enfans, ou de plus loing: entre plusieurs autheurs ie choisiray vn Pline second, homme
tresdocte, non du tout chrestien, ny tout ennemy aussi
de ceste nostre religion, pour vous le produire à tesmoin comme des fors temps (selon que plusieurs
ont laissé par escript) l'art de Magie & de
Malefice (l'vne se prenãt souuent pour l'autre, en toutes semblables superstitions) estoient en vogue &
praticquées par les Druïdes: l'authorité desquels n'e-
stoit moindre vers les Gaulois, que iadis des Magiciẽs
en Perse. Mais par la publication de nostre loy chrestienne a esté c'est art profane long tẽps mise en oubly:
plustost que par les edicts (contre toutesfois ce qu'escript le mesme) des Empereurs de Rome. Et puis apres
cẽ nonobstant remise sus, & trainee iusques au temps
(deux cens ans n'y a pas passez) de Maistre Iean Ger-

ã ij

Alexand.
ab Alex.
lib.2. Ge-
nial.cap.25
Plin.lib.30
hist. Natu-
ral.cap.1.

Vide Ter-
tul. in Apo-
lo. & Euse-
biũ hist. ec-
cles.lib.3.
cap.22.
Ieron. lib.1.
comment. iñ
Dan.cap.2.
Io. Fran.
Pic. Mi-
rand.
Vide Ioãn.
Gers. тоm.
1.De errori-
bus cir. art.
Magic.

son Docteur celebre & iadis Chancelier de Paris: lequel meu d'vn bon zele s'est opposé à cest erreur, & par viue voix, & par vn liuret intitulé, Des erreurs touchât la Magie, à la fin duquel il a diligemment annexé les articles erronets concernans ceste mesme matiere, condamnez par la celebre faculté de Theologie à Paris: la copie desquels ie vous bien vueilu communiquer en nostre vulgaire sur la fin de ce present traité, comme estant chose tresdigne à vn chacun en ce teps cy, de lire, de sçauoir, & de croire. Or voyâts aucuns, que ceste dicte impieté, par les prealleguez moyens bannie & forclose de nostre France, à fait ce neantmoins à vne tresgrande bresche pour y rentrer, & qu'elle veult comme par droit postliminiaire s'en r'emparer de nouueau: ils ont tasché par leurs escrits à empescher vne telle pestilentieuse entree, & iniuste prise de possession, à aucus tant dommageable. Mais ce ont ils fait auec vn tel lâgage, que ceux qui sont en ceste nostre France les plus faciles à se laisser piper par telles curiositez, ou qui plus en sont ia entachez, ny entendent rien, & remportent de tels trauaux moins de profit, que tous autres: n'estant ce le iargõ que leur mere, ou la patrie leur a appris, lequel seulemêt ils entendent. Desirât dôc subuenir à cest inconueniêt: ie n'ay prins autheur à traduire en François traitant amplemêt de ce subiect: mais ie me suis appliqué à tellement descouurir par nouuelle methode, le poison de ces arts venimeuses, que ie puisse exciter à vn salubre vomissement le cœur de ceux qui en auroiêt ia gousté, à fin qu'ils recouurent l'entiere santé: & à faire entendre à tous autres cõbiê

Ioël.2.illud.

est à fuir plus que la presence d'vn serpent, telle vilaine infection & des corps & des ames, aux iuges
seigneurs & gouuerneurs des prouinces, quel deuoir
ils doiuēt faire à en purger, & du tout nettoyer leurs
pays & domaines: pour tenir le reste de leurs bons
subiects & de leurs troupeaux sains & fideles en bō-
ne santé de corps & d'ame. Ce que i'ay fait, ie vous
asseure (lecteur debonnaire) non tant de mon propre
ceruzau qu'auec l'ayde & le tesmoignage de plusieurs graues autheurs, qui ont escript à ce propos les
vns des liures entiers & expres, les autres en pas-
sant: lesquels tous sont en si grand nombre & tes-
moins de telle authorité, comme ceux qu'ils alleguēt,
& ceux aussi que ie n'ay pas leu, (ores que ie ne me
serue de tous ceux qui ont passé par ma veuë,) que celuy la ne pourroit maintenāt euiter le nom d'opinia-
strea & vrayement heretique qui nieroit desormais
qu'il y eust, ou peult auoir des Sorciers, Maleficiers, aS. Thom.
Deuins & semblables ou les effects d'iceux, veu mes- ᶦⁱⁱ 4. dist.
me l'experiēce que plusieurs en voyent tous les iours: 24. art. 3.
veu d'autrepart, & principalemēt les grands pro-
fits qui reuiennēt à la gloire de Dieu, & à nostre salut de croire cela, comme il est aussi tresueritable.
Entre lesquels profits, le premier est que cela fait à la
cōnoissance de Dieu contre les Atheistes ou grande-
mēt esbranlez & enclins à ceste bestiale incredulité, qui ne sont que trop drus semez en ceste terre
Frāçoise. Car voyans appertemēt, & entendans tels
effects, qui surpassent le commun cours de nature,

ā iij

La science & la force des hommes, ils ne sçauroient moins estimer, sinon qu'ils soient produicts par quelque puissance ou vertu extraordinaire, & (ce sembleroit) supernaturelle. Laquelle toutesfois, quelle que elle soit, ne peut estre sans auisement, sans raison ou entendement comme on decouure par lesdittes siennes œuures, lesquelles ne seroient la pluspart tellemēt admirables & faites en telle façon, par tels moiens, en telle oportunité & instance de temps: ny mesmes tant tost defaites & disparoissantes: tant peu souuent eus-

a Augusſ.
lib. 3. de Tri
nit. cap. 7.
& lib. de ci
uit.ate dei.

si, ou tant de fois mises en lumiere, qu'il plaist à ceux qui en vsent a (au moins si Dieu le permet, que mettōs tousiours pardessus) sils n'estoient aydez & poussez par quelque exterieure cause agente, plus viue, plus puissante plus agile & intellectuelle qu'eux mesmes selon leur pur naturel, & que la cōmune nature des choses dont ils s'aydent laquelle nature commune à toʒ ne produict ses œuures qu'en leur saison, & auec le cours du tēps: dont est facile outre ce à colliger que ne peult estre ceste cause ou puissance vne substance corporelle, veu qu'elle ne se peult voir, ny aucunemēt attoucher. Partant il reste que ce soit vn esprit qui o-

Exod.7.8.
& c.
I. Reg.28.
Tertul. lib.
de anima.
Aug. de ci
uit. dei &
26.q.5.
can. nec mi
rum.
Mat.cap.4
Act.c.16.

pere ainsi sciemment, inuisiblemēt, subitement, puissament, & admirablement. Cela nous est tresmanifeste par la productiō des grenouilles qu'en vn insāt les Magiciens de Pharaon firent venir: en la transfiguration de leurs verges en serpens, au faict de ceste Pythonisse qui fit apparoir à Saül, le Prophete Samuel apres sa mort (ou plustost le Diable en son effigie:) de celuy qui porta Iesus-Christ en vn instant sur le coupet du temple, & sur le sommet d'vne heulte

montaigne: de ceſte Pythoniſſe qui deuinoit & decel
loit les choſes occultes & incongneuës de ces larrons
qui tant ſubitement de diuers lieux, & tous en vn
coup deſroberent les bœufz, Aſnes & Chameaux
de Iob, le feu du Ciel deſcendant en meſme temps
ſur ſes moutons & brebis, dont encore il euſt tout à
coup nouuelles de diuers meſſagers. Cela meſme ſe
voit auſſi en ceux qui ſe rendent inuiſibles, ou bien
repreſentent quelque autre corps pour eux, qui vont
& reuiennent (nonobſtant leur peſanteur naturelle) en vn inſtant de plus de cent lieuës, & en rapportent bonnes enſeignes: & ceux qui congnoiſſent
par nom & face ceux qu'on eſtime qu'ilz n'ont iamais veu, pour la longue diſtance des demeures de
l'vn à l'autre: qui parlent de diuerſes langues, &
les entendent, ſans auoir iamais eſtudié, ny icelles ap-
priſes d'homme viuãt, comme ſont ceux que nous ap-
pellons demoniacles ou poſſedez du Diable: qui ſont
en leur maiſon, ou en leur lict dormans, & ce pendant ilz ſont veuz (ce ſemble) en meſme inſtant,
ou en leur propre forme, ou en la forme de quelque
beſte en autre lieu. Laquelle beſte (qui plus eſt) ſi elle
eſt atteinte d'aucũ coup & bleſſee, la playe s'en voit,
& la douleur s'en reſſent en leurs corps naturelz.
Mais qui diroit tous ces cas là eſtre de la puiſſance hu
maine, ou de la commune nature, mere (apres Dieu)
de toutes choſes? non que i'entẽde le Diable autheur
de tout ce (comme reſte à conclure) eſtre ſeclus hors
des choſes naturelles, c'eſt à dire creées de Dieu autheur de nature: mais ie veux dire par cela, la force
& la ſubtilité dont viennent telles actions, n'eſtre

ã iiij

Iob.1.
a S. Ieh.
Chriſoſt. in
Iob aut ſinſ
ſe demones
vſ ſocte ho-
miniũ.

Viric. Mo-
litor.
Tract. de
Lamiis.
Lib. Exor-
ciſt. Italiæ
approb.
per ſ. Bona.
ſu nertius
inquiſ.

In vita s.
Germa.

Orig. hom.
13. in
Num. lib.
Cypria. lib.
de Idolo-
v anit.
Aug. lib.
3. de Tri..
cap.7.
M. Minu
cius in O
ctauio.

naturelle & proprietaire aux Sorciers qui nous
les sont apparoir, ny aux charmes ou autres superstitions desquelles ils vsent en ces effects. Nous sommes donc d'accord que telles œuures sortent de la forge de quelque fort, sçauant agile & subtil esprit. Il
fault voir maintenant de quelle condition il est: ce
cis on cegroist facilement par ses actions, lesquelles
estant tresmechantes & faites en mauuaise fin tant
de sa part que pour le regard de ceux desquels il s'ay

M. Minu
cius in O-
ctauio.
Cyprian.lib.
d. idol. va-
nit.
Lactãt.lib.
2.cap.15.
Hesiod.
M Minucius
ibid.m.

de à les produire, il s'ensuit bien de ce qu'il est malin & trespernicieux: car au fruict on conoist l'ar-
bre. Et ce malin esprit est appelé des Chrestiens &
payens vn Demon, c'est a dire sçauant pour la grande cognoissance des choses qu'il a, de laquelle vsant
mal pour perdre les autres, côme il est dãné et perdu,
les Grecs l'appellent tout en vn mot κακοδαίμων
malheureux insencé ou mechant sçauãt à cause que
son sçauoir enflant est sans charité: ou plus commune-
ment on l'appelle Diable qui signifie calõniateur trõ-

Aug.lib.9.
ca. 20. de
ciuit. Dei.

peur ou aduersaire. Mais puis qu'il est tant malin,
tant subtil, tant puissant, à quoy tient il qu'il ne
renuerse sans dessus dessoubs tout vn monde, quand

Theodoret.
in ch.3.
Regum 56.
& in Ezec.
j cl. 9.

il est en sa fureur, à quoy tient il qu'il ne peult nuire le plus souuent aux hommes desquels le meurtre,
& le sang est sa ioye, & principalement aux gens,
de bien qui sont ses capitaux ennemis. Comment se

Cyril. A-
lex.ib.4.
contra Iulia
post. Por-
phy.lib. .
de abstin

fait que souuent ses œuures soient empeschees ou de-
struites! Qu'il est deietté souuentefois des corps qu'il
possede: de sorte qu'ils ne sont plus ce qu'ils faisoiêt
au parauant, & souuent ses astuces sont descouuertes
& rendues ridicules, comme ceux qui s'aydent d'i-

celuy à vouloir nuire aux autres, ou à faire quelque
chose admirable? Il fault bien dire qu'alors il est
empesché par quelque plus grande force, agilité, sa-
pience, & bonté à luy contraire. Et qui est-ce autre
chose sinon le tout puissant, le tout sage & tout bō,
que toutes nations pour [a] tant barbares qu'elles soiët,   a Cice. lib.
ne fut ce que pour voir ceste belle voute asseuree &   de Respons.
diapree de tant de claires estoilles, croyent & appel-   Arusp.1.de
lent Dieu? Voila ce qu'il nous en fault necessairemēt   legib.L.Tus
conclure. Et quand à ce qu'aucun trouueroit estran-   scul.
ge & pourroit demander pourquoy donc ce plus fort
& tout bō n'empesche tant de maux que fait ce dia-
ble: [b] ie laisse ce poinct à discuter p'us amplement au   b Article.5.
corps de nostre remonstrāce pour venir à vne autre
conclusion qu'on en peult tirer de tout cē que dessus
auons dict assauoir que puis qu'il y a vne puissance
bonne par dessus ceste diabolicque & maligne, il
fault bien dire qu'elle est vnique en superlatif degré:
car si elle estoit diuisee, il y auroit ou egalité, ou biē
minorité de dignité, valeur & excellence. Si'l y a-
uoit egalité, il n'y auroit vn superlatif degré, dont
sourdroient vne infinité d'inconueniens trop longs à
examiner: & l'enuie pourroit se loger entre tels é-
gaux: si minorite le valeur, il y auroit encore plus
grande occasion d'enuie, & auec indigence & de-
fectuosité de force, de bonté & sagesse en ceste infe-
rieure diuinité qui seroit chose fort indecente à telle   Lact. firm.
maiesté & ne seroit du tout perfecte ny accomplie.   lib.I.c.3.
Partant il est plus seur de croire qu'il n'y a
qu'vn chef supréme, vn Dieu, vn Createur, en

source de toutes choses, qui toutes sont bonnes, entant que creatures : mais mauuaises aucunes, ou plustost depraués par la malice & le mauuais vsage des hommes meschans, ou Anges reprouuez. De là enco-re retirons nous à nostre commodité, que plus coura-geusement & auec vne plus grande diligence nous nous élançons & mussons dessouz les aile de nostre Dieu, nous rengeans aussi souz l'enseigne de nostre-dict Capitaine Iesus-Christ, en confessant humble-ment qu'auons grand besoing de son ayde, d'autant que mieux nous congnoissons par cesdictz effectz sorceliers, nostredict ennemy leur chef & autheur de leurs œuures estre puissant, cauteleux, subtil, ru-sé, tresmaling : & nostre Dieu au contraire tresbon, plus sage, & plus puissant encore qu'iceluy, puis que il nous peult deffendre comme il faict iournellement de ses embusches & impetueux assaux, bridant son pernicieux pouuoir quand bon luy semble, dont nous surcroist d'abondant vne occasion plus affectée de le aymer, le craindre & reuerer par dessus toute chose, & le regracier de ceste bonne garde qu'il faict de nous entre autres biens que receuons de sa liberalle main. De là mesmes il sensuyt que les meschans con-çoiuent aussi vne iuste craincte de ce maling esprit, non seulement en ce monde pour se voir estre par ice-luy trompé & seduict, comme sont tous Magiciens, Sorciers, payens infideles, faux chrestiens & hereti-ques, ou pour se sentir affligez par diuerses maladies corporelles, & pertes de biens, ou illusions & imagi-nations fantastiques & spirituelles : mais qui pis est, peur d'estre apres la vie de mesmes supplices qu'ice-

S. Aug.

Clem. Ro.
lib. 4. re-
cog. ad Ia-
cob.

Greg. In
Dialog. lib.
3. 10.
Damasc.
lib. 2. cap.
4.

luy tourmentez, puis qu'ilz l'auront meschamment
ensuyuis & frequentez en ce monde, dont ilz sont
quelque fois par tel esgard époinçonnez & côtraints
se retirer au plus puissant & meilleur, qui est Dieu.
Voylà amy Lecteur, ce que sert de croire qu'il y a des
Sorciers & Magiciens qui font les œuures que nous
raconte le commun bruit de ceux ou qui par force, ou
qui par ignorance & autrement ont eu quelque ac-
coinctance auec eux : mais plus vrayemét encore nous
le tenons de ceux qui ont escrit de ceste matiere, lesquelz estans gens de conscience, d'esprit & de lettres
ont recherché & sondé plus exactement que le vulgaire, la verité de ces choses rares & admirables, &
ne peult estre vray-semblable qu'ilz se soient occu-
pez à brouiller leurs ceruaux & leurs papiers de
mensonges, perdant ainsi à leur esciét le temps qu'ilz
ont tant cher. Doncques quant n'allegueriôs autres
raisons que celles cy pourquoy Dieu les permet regner,
& faire vne partie de ce qu'ilz veulent, auecques
tant de maux que chacun s'en esmerueille : elles deuroient, ce me semble, suffire pour empescher les plus
meschans qui soient au monde de l'accuser pour ce ou
d'iniustice ou d'impuissance, veu tant de grands biês
cy dessus dicts, qui prouiennent de ceste permissiôn
qu'il leur baille. Car d'autrepart nier tout ce, empesche non seulement la iouissance de tous ces dictz
biens là : mais aussi faict accroistre ces instrumens
d'iniquité, & leur octroye plus grande liberté de se
confier en tout genre de malice, au grand dommage
ce pendant des ames qu'ilz seduisent & gastent de
iour en iour par diuerses façons, & des corps qu'ilz

tuent, ainſi que des biens qu'ils corrompent,
d'autant qu'eux ſe voilans du manteau de ceſte ſot-
te negation, par eux premierement & à ces fins in-
uentee: nulle recherche, nulle enqueſte, ny punition
n'eſt faite d'iceux. Et pourtant non moins que peruers heretiques, & ennemis du bien public,
doiuent eſtre punis tous ceux qui nient choſe tant ap-
perte, & qu'vn ſi grand nombre de perſonnes croyét
& confeſſent auec ſi iuſtes cauſes, comme l'Egliſe
auſſi laquelle excommunie tous les Dimenches, ceux
& celles qui trafiquent en ceſt art ou frequentent
ſciemment les eſcholiers d'icelle, ainſi que le tout eſt
plus amplement prouué au liure de ſ. Iacques Spren-
ger iadis inquiſiteur de ceſte ſecte, intitulé Maleus
Maleficarũ, authoriſé par vne bulle expreſſe du Pa-
pe Innocent dernier & approuué par la faculté de
Theologie en l'vniuerſité de Cologne. Lequel liure ie
prie tous ceux qui ſont vn peu durs & retifs à croire (s'ils ſont latins) de lire diligemment ſur tous autheurs qui ont eſcrit de ceſte matiere, & ils voirõt
choſes non moins, vrayes qu'admirables: entre autres
ils conoiſtrõt par viues raiſons, authoritez & exẽ-
ples, meſmement d'autres autheurs que ceux que pro-
duiſons, la malice du diable, & de ſes miniſtres, Sorciers ou Sorcieres: comme il s'en fault garder &
preſeruer comme il fault les fuir, ne s'ayder d'iceux
en aucune ſorte: ains pluſtoſt auoir recours aux reme-
des que nous offre l'Egliſe en ſes Sacremens, orai-
ſons exorciſmes & ſemblables choſes de deuotion:
comme il les fault apprehender, empriſonner,

Io. Gerſ.
To. de art.
erroneis cir.
mag. art.
17.

F. I. Spren-
ger lib. q.
Maleus Ma
leſic.

faire leurs proces, & les executer. Tous lesquels
poincts & autres concernans ceste matiere estants en
ce liure là, comme en plusieurs autres, assez amplement discutez ie me deporte & pres la petite remonstrance qui ensuit, d'en escrire plus auant pour n'ou-
urir la porte aussi à ceux qui mal nez mal nourris
& mal conditionnez, seroient contents de sçauoir
moyens de se donner à tous les diables seubs esperãce
d'auoir d'iceux quelque ayde pour paruenir à leurs
ambitieuses, curieuses, coleres, charnelles & sen-
suelles attaintes qui sont les sources d'où nous des-
coule ce malheureux art. Ie ne veux toutesfois
oublier à respondre à ceux qui s'aydent en conseil
& deuis & aucuns possible en preschãt d'vn canõ
qui se commence Episcopi 26.q. 5. pour deffendre leur
ignorence, & tascher à persuader aux autres de ne
croire ce que mettons auec plusieurs Docteurs & le
commun bruict, en auant per ceste remonstrance
touchant specialement les choses admirables & e-
xecrables que disons estre faictes par les Maleficiers
Sorciers Magiciens & semblables, ou pour mieux
dire, par le diable se seruant d'eux comme instrumens & ministres. Car ce Canon & autres mal en-
tẽdus sont cõceuoir en l'esprit des peu clair voyãs l'er
reur qu'auõs cy dessus dict grandemẽt preiudicier au
bien public qui est de ne croire qu'il y a des Sorciers
semblables qui puissẽt faire ce que porte d'iceux le
cõmũ bruict duquel erreur se cause l'aduãcemẽt entier et l'asseurãce desdits sorciers & leurs complices.

Voy.I. Ni-
der informa
car.et de pre
cept. de c L
Io. Grs. de
errorib. cir-
ca. Mg.
Guiller.Pa
ris.de legib.
Vlric. Mo-
liter de La-
mijs. &c.
Io. fr.
Picus Mi-
rand. de rr.
prenotio.
Io. Calef-
birien. de
curial. nu-
gis. Decret.
26.q. 1. et
aliis C. de
Malef. &
Mathem.
lib. 9. Pam.
Danem. de
venef. &
Sorci. Gar-
de bien de
lire vuicrus
heretique
& ceusuré.

Expos. Cã.
Epi 26.q.
5.

Or dict le texte audict Canon mis de mot en Fran
çois aux lieux qui semblēt faire contre nous, vne mul
titude innumerable de gens deceuʒ par ceste faulse
opinion croyent ces choses estre vrayes, & croyant ce,
ilʒ se desuoyent de la droicte foy. Voyla ce qui est
porté par ledict texte. Mais il fault entendre qu'au
parauāt il faisoit mētion d'aucunes vieilles Sorcieres
qui asseuroient que de nuict elles estoient appellées,
& transportées au seruice de Diane, faulse Déesse
des payens, dont il s'ensuit que ceux qui mettent cela
en auant comme ceux qui le croyent, errent dou-
blement en la foy. Premierement en ce qu'ils croyēt
ceste Diane auoir quelque diuinité, qui est rentrer en
l'idolastrie des payens comme dit le texte suiuāt, &
sont enueloppeʒ en l'erreur des payens quand ils e-
stimoient qu'il y a autre diuinité, que celle d'vn seul
Dieu: Secondement ils faillent en ce qu'ils estimoiēt
que telles vieilles soient pour lors vrayement trās-
ferées de leur lict ou logis en autre endroit: car le
texte porte que ce n'est que par fantasie & diabolique illusion faite en l'imagination de ces vieilles
Sorcieres. Quoy disēt il fault ce neātmoins entēdre

Comme les
Sorc. sont
transp. de
lieu en au-
tre.

qu'il ne parle que pour lors & pour cest acte ou regard là seulement qui conterne la course menson-
gere à cheual, ou bien la danse qu'alors lesdites
vieilles estiment faire auec ceste Diane. Et ne nie

a Exemp.
de Simon
Magus &
Hermoge
en Abd.
lib. 1. & 4.

pas parce que les Sorciers ou Sorcieres puissent estre
trāsporteʒ autrefois, & pour autre chose faire,a par
leur maistre le diable, la part où l'vn ou l'autre
voudra: veu que mesmes il s'est bien aussy attaqué
à nostre Seigneur Iesus Christ pour le porter sur le

pinacle du temple & au sommet d'vne montaigne.
Et lors quant telles tranflations ce font de telles gēs
ou c'eft de nuict le plus fouuent : ou si c'eft de iour, il
peult esblouyr, ou charmer les yeux de ceux qui
regarderoiēt en hault si le Sorcier ne veult eftre veu:
& s'il veult feindre de voler en l'air , comme vn
Simon Magus, & pource defire il d'eftre veu, le
diable inuifible peult le porter visiblement. Car ce
diable n'a point de corps par lequel il puiffe eftre
veu: combien que quelquefois que l'vn & l'autre,
Dieu le voulant, soit veu: comme quand ceft ennemy emporte tels gens, ou autres peruers comme
eux en corps & ames és enfers luy ayāt lors vn corps
forgé & en l'air figuré ou lineamenté de l'air mefmes. Et quant à ce qui s'enfuit audict texte, Qui çō-
ques croit aucune creature pounoir eftre faite , ou e-
ftre changée en mieux ou pire: ou eftre transformée
en autre efpece finon que par le Createur mefme qui
a fait toutes chofes, & par lequel toutes chofes font
faites: fans doubte il eft infidele & pire qu'vn payē.
Ce ne fait rien contre ce que difons les Sorciers & Ma
giciens produire deuant noz yeux chofes nouuelles,
c'eft à dire comme si elles eftoiēt nouuellemēt creées
telles qu'e foient les grenouilles des Magiciens de
Pharaon. Car si la chofe qu'ils reprefentēt aux yeux
du corps eft veritable: nous confeffons qu'elle eft creée
de Dieu : mais apportée fubtilement, & inuifible-
ment par le diable du Sorcier, au lieu où il fainct la
creer de nouueau, & la exhibe à la veüe : ou nous
difons que le diable qui connoist les femences des
chofes & fcait quand elles font aptes à produire ce qui

Exēp. in
fpecul. hift.
& infpec:
expl. dift.
4 cap. 5 &

Comme les
Serc. fem-
blent creer
ou produire
chofes non-
uelles.
Cyrah A-
lex in cuā.
10. lib. 7.
cap. 8.
Auguft.
lib. 3. de
Trin. cap.
10.

S.Auguſt.
lib. de Spi-
ritu & ani
ma.

Des tranſ-
mutations
que ſembiēt
faire les ſor
ciers.

eſt de leur eſpece & naturel) aplicque la ſemēce de
la choſe qu'il veult faire apparoir au meſme inſtant
qu'elle ſe doit demōſtrer, ou la peult aduācer par force
& ſubtilité naturelle: que par art l'hōme peult faire le meſme comme ſi la pierre d feu, eſt appliquee &
frappee cōtre le fuſil, le feu en ſortira à l'inſtant : ce
n'eſt toutefois l'homme qui fait ce feu (ſi faire ſe prēd
pour créer) ni plus que le labureur, le grain dōt il a
cultiué la terre. Mais c'eſt bien luy qui le fait, c'eſt à
dire le produict en lumiere: lequel feu eſtoit au parauāt caché & enueloppé au naturel du corps & de
la ſubſtāce tāt du fuſil que de la pierre. Ainſi fait le
diable des choſes vrayes qu'il demonſtre deuant noz
yeux cōme de nouueau creées, applicquāt l'actiō auec
la vertu ou proprieté paſsiue. Que ſi les choſes qu'il
fait apparoiſtre ne ſōt vrayes: alors il charme & en-
ſorcelle les yeux des ſpectateurs, qui ne ſont ſaincts, et
n'ōt vne foy ferme & treſuiue en Dieu: & tel en-
bātemēt eſt appellé preſtigiation de laquelle pouuoit
eſtre deceu Pharaō voyāt les ſerpēs (ce luy ſembloit)
grenouilles, que ſes Magiciēs repreſētoiēt en vn inſtāt.
Ce texte ne nie, en ſecond lieu, abſolument aucune
choſe pouuoir eſtre faite meilleure ou pire ſelō ſes qua
litez ou accidēs: car nous voyōs le cōtraire par les me
decins et apoticaires qui auec leurs drogues rēdēt paſle, debile ſar s appetit & du tout malade vn hōme
ſain: ou le gueriſſent s'il eſt malade, mais ce s'entēd
de la totalle mutation de la ſubſtance de la choſe qui
ne peult eſtre faicte ny changee en autré ſubſtance meilleure ou pire: ce qui appartiēt à Dieu ſeul, &
ce vault pour reſponce auſſi au troiſieſme poinct de
ce meſme texte qui dict que nulle choſe peult

estre trãsformée en aultre espece, sinõ que par Dieu.
Ce qui est vray quãd à la forme essentielle de ladite
chose, mais vne figure exterieure toutesfois autre que
sa naturelle, luy peult estre dõnée ou par trãsmutatiõ
des qualiteꝫ, accidentales en autres dissemblables,
Dieu le permettant, ou par nouuelle addition de
qualiteꝫ figures ou apparences nouuelles: ou à tout
le moins s'il n'y a vraye transmutation desdites qua- Clem. Ro.
liteꝫ & figures accidentalles, n'y vraye addition lib. 10. re-
d'autre figure sur la figure naturelle: cela ce fait en cognit.
apparēce exterieure par ceste mesme prestigiation, cõme faisant sembler rouge ce qui est naturellemēt noir:
grand ce qui est petit: mol, ce qui est dur: beau ce qui Exempl a-
est laict: ou vn hõme auoir la face & figure d'un au- pud Vice. inspec. na-
tre: ainsi que lisons Simon le Magicien auoir fait au tr. lib. 3.
pere de S. Clement Romain, que tous excepté sainct cap. 109
Pierre, prenoient & estimoient estre ledict Simon, Exēp de ca- pra pro Si-
apres auoir parlé à luy, Dõt il s'ensuit que les trans- mone ocesa
mutations ou pour mieux dire, transfigurations que Cle. lib 10.
font les diables par leurs Sorciers des homes en quel- recap.
que beste, ou d'vne en homme, ne sunt que selon l'ap- v. de Aug. de Spiritu
parence exterieure aux yeux encharmeꝫ, & en la & anima
fantasie de celuy qui se pense estre tel, comme on lib.
voit en certaines maladies, combien qu'en la partie
raisonnable il se connoisse possible tousiours homme:
mais est icelle raison tãt obfusquée & troublée par 'a
vehemēte imagination & prestigiation du diable Aug. lib.
qui luy represente ce deuant la fantasie que demeu- de ciuit.
rans ses sès troubleꝫ & assopis, il fait par l'ayde du
diable, tout ce qui appartient presque à vne beste:
Ainsi que selon aucuns, estoit le Roy Nabuchodono- Dani. 4.

ã

Cyril. lib.
7. in Euang.
10. cap. 8.

for qui conuerſoit auec les beſtes, s'eſtimant tel par
puṅition diuiue. Des autres mutations qui ſont de
moindre eſtime que celle là, nous pouuons dire que le
diable ſubtilement & inuiſiblement oſte le corps
qu'il fainct changer, & tout ſubitement en met
vn autre en ſa place, tel que le Sorcier veult demon-
ſtrer. Ce qu'aucuns aſſeurent auoir eſté fait des vr-
ges qu'eſtimoit Pharaon auoir eſté changées en ſerpẽs
par ſes Magiciens. Que ſi quelcun s'efforçoit de prou-
uer telles tranſmutations auoir eſté vrayes, fault

Aug. lib.
10. de Ci-
uit. cap. 16.

qu'il eſtime tels faicts ne conſiſter en la puiſſance du
Sorcier ny du diable: mais prouenir de Dieu ſeul qui
leur permet, pour ſeduire les ſeducteurs & aultres
cauſes inconnuës, tel pouuoir quant bon luy ſemble,
ainſi comme d'exciter les tonnerres. Il y a au ſurplus

Expoſ. can.
Nõ obſer-
uetis 26. q.
7.

encore vn autre canon, tiré de S. Auguſtin, qu'au-
ciens alleguent contre nous qui eſt le Canon Non
obſeruetis 26. q. 7. où plꝰ expreſſemẽt ſemble il e-
ſtre deffendu de croir à pluſieurs obſeruations ou ſuperſtitions, aux tempeſtes & grelles qu'on dit pouuoir eſtre excitées par art Magicque: à quoy nous reſ-
pondons que vrayemẽt il n'y a aucun qui doiue croi-

Voyle d.
Aug. lib.
10. de ciuit.
c. 16.

re c'eſt à dire deſirer, voir, s'adonner, s'affier ou aſ-
ſeurer à cela non plus qu'au diable: lequel toutesfois
nous croyons bien eſtre, & auoir quelque puiſſance.
Auſſi deuons nous croire qu'il y a des Magiciens &
Sorciers qui peuuent faire ceſdittes choſes non d'eux
meſmes: mais par la force de Dieu, quand il le permet à leur dam, & de ceux qui les emploient: aucunes par la puiſſáce du diable, quãd elle n'eſt point
empeſchee d'vne plus forte: ou quelquefois par cau-

ses naturelles, lesquelles ce neantmoins nous reprou-
uons auec ledict S. Auguſtin ſans vouloir pourtant
tellement les nier, que tombions en l'erreur reprouué V. de Io.
par la faculté de Theologie de Paris en l'article 17. Or Gerſ. 10.
voila, amy lecteur, ce qu'auions en partie, à vous ad- l. de ctro-
uertir auãt que d'entrer en noſtre petit diſcours afin rih. cir..
que ne ſoyez detenu par trop grande ignorance ou ob- Mag.
ſtination en l'erreur du ſimple vulgaire & meſmes
d'aucuns lettrez, leſquels penſans eſtre du deuoir
d'vn bon Chreſtien nier les effects des Sorciers &
Magiciens tombent en vne plus grande infidelité,
& tellement qu'auons demonſtré cy deſſus. Reſte ſeulemẽt pour la fin que connoiſſiez que nõobſtãt qu'aiõs
donné le tiltre à iceluy diſcours de Declamatiõ, qui
eſt vne forme d'oraiſon continue, nous l'auons toutesfois, ſans grand preiudice, diſtingué par chapitres
faiſant comme certaines ſtatiõs pour vous repoſer lors
que ſerez laſſés de lire, & pour cognoiſtre ſpeciale-mẽt
le ſõmaire des principaux poincts que traitõs au corps
de ce liuret, ce qu'eſſeignt l'inſcriptiõ d'vn chacũ que
deſiriõs ſeulemẽt mettre en marge pour n'empeſcher
le fil du texte mais pour la commodité de l'impreſ-
ſiõ auõs eſté contrains l'incorporer dãs ledict texte:
aymãt mieux decliner vn peu de la vraye forme d'O-
rateur que d'eſtre veu obſcur & ennuieux par vne
ſi longue remonſtrance. Laquelle finallement ie prie
eſtre de tous acceptée d'auſſi bon cœur, qu'elle eſt pre-
ſentée de par nous, à la tuition de l'honneur de Dieu, a. Minucius
& pour le ſalut des ames: eſtimant vraye & par in octaua.
nous en icelle pratiquée la ſentẽce de ceſt antiqu: &
docte Chreſtien qui diſoit que tant plus le langage,

ã ij

dont on vſe en diſcours eſt rude & mal limé: la
raiſon de ce qui eſt dict en eſt meilleure. Car elle n'eſt
point fardée par vne oſtentation d'eloquence: de laquelle toutesfois ne ſommes du tout tant reculés (ce
nous ſemble) que ſiroit vn barbare. Qui ſira l'endroit
amy lecteur ou mettray fin à ce preſent aduertiſſemēt
à fin que ie ne ſoys point prolixe & ennuieux, priant
Dieu vous faire la grace de tirer quelque fruict de ce
mien petit labeur à ſon honneur & gloire.

ſonnet de l'Autheur.

L Asqui te dōnera, (ô ma cheriue Frāce,)
  Ou vn Iules Cæſar, des Deuins le moc-
      queur,
Ou vn Philippe Roy, qui d'vn aſſeuré cœur
Le charme mépriſa, fait ſur ſa remēbrance?
   Qui te fera helas! iouir de la preſence
D'vn Conſtantin le grād, ou d'Henry l'Em-
      pereur,
Pour dechaſſer de toy, la maligne fureut
   Du Mommeur & ſorcier, qui te tient en
      ſouffrance?
Soit ton bon Roy, HENRY, vn Daire
      Perſien,
Pour chaſſer, la Pythie, & le Magicien:
Et pour du bateleur chaſtier la follie.
   Alors reuerdira ton beau fleuron doré,
Par les tiens Dieu ſera chaſtement adoré,
Et cette impieté ſera de toy bannye.
      F. P. Nodé. M.

      F I N.

DECLAMATION CON-
TRE L'ERREVR DETESTABLE
DES MALEFICIERS SORCIERS,
Magiciens, Deuins, Enchanteurs, Nicro-
máciens, leurs suppotz, & semblables &c.

AVX FRANCOYS

ESD.2.CHAP.I.

Seigneur Dieu, ie me côfesse pour les pechez des enfans d'Israel, &par lesquels ils t'ont offencé &c.
Nous auons esté seduits par vanité, & n'auons pas
gardé ton commendement &c.

Les maux que nous endurons pour auoir delaissé Dieu
& non obey à l'Eglise ne sont que preparatifs (par
nostre obstination) à plus grans par la Magie &
Sorcellerie qui couue en France.

CHAP.   I.

COMME le Prophete Ieremie
poussé de l'Esprit de Dieu au zele
extreme de l'amendemēt & salut
du peuple d'Israel, reduit en gran-
de calamité, parlant à luy s'escrie en tels propos: Sache & voy que cest vne chose mau-. *Ierem.ca.2*

A

uaife & amere, d'auoir delaiffé ton Seigneur
& ton Dieu:& que la crainéte d'icelluy n'eft
plus logée en toy, dit le Seigneur des armées:
Ainfi, peuple Françoys, plufieurs crain-
gnans plus Dieu que la plufpart du vulgaire
meuz non d'vne moins pieufe affectió de vo
ftre falut, pouroient par ces mefmes raifons
vous eueiller du profond fommeil, ou vous
eftes enfeuelis, dormans en vos delices, abus
& diffolutions trop a voftre ayfe, affin de có-
fiderer par vne plus exaéte recherche du
creux de voz confciences combien vo⁹ a en-
gendré de miferes auoir abandonné les fain-
étes ordónéces de noftre Dieu, & de fa fainéte
Eglife, pour tracer les fentiers du Diable le
fien & noftre ennemy, par voyes trop ambi-
tieufes, auares, & charnelles, & auec vn vol-
lage efprit par trop curieux de nouueauté
d'habis & de meurs, & qui pis eft de religion.
Que fi les maux qui de toutes pars nous pref
fent ne font affez pour vous perfuader a de-
plorer & amender la faulte q'uauez commife
par moiens tant oblicques: leuez (ie vous
prie) leuez en hault les yeux de voftre entéde-
ment & penfez a ceux la que le ciel & la terre
menacent de nouueau, & qui beaucoup pires
nous doiuent aduenir, fi bien toft par noftre amédemét, & la prudéce de noftre Roy,
des Sgñrs & magiftrats de cefte Fráce n'y eft
remedié. Car puis qu'ainfi eft que no⁹ cóuient

du tout ce que noſtre Dieu dict par le meſme a *Ieremie.*
Prophete: a mõ peuple folaſtre ne m'a point *chap.* 4.
connu: mes enfans ſont ſans auiſement & in-
ſencez: ils ſõt ſages aſſez pour faire mal: mais
ils ne ſçauroient bien faire: en ce qui ſenſuit
peu apres ou le Prophete comme reſpondãt
a ce, dict ainſi: b Seigneur tes yeux regardent b *chap.* 5.
a leur foy. Tu les as battus, & ils n'en ont ſęty
la douleur. Tu les as briſez, & ils ont refuſé a
receuoir la diſcipline. Ils ont endurcy leurs
faces plus que n'eſt dure la pierre: & n'ont
voulu retourner a toy: que pouuons noſ autre choſe de ce attendre, ſinon que nous doit
(comme a ce peuple mutin) bien toſt aduenir
ce dont les menaçoit le dict Prophete, aſſa-
uoir ruine ſur ruine appellée de Dieu deſſus
nous & dont toute la terre en ſera gaſtée. Et
certe les appareils en ſont fort grands, non
d'vne telle perte ſeullemẽt ou naufrage qu'a-
uõs ia enduré par l'orage de ces dernieres tẽ-
peſtes excitées par le vent furieux de trois ou
quatre apoſtats: mais d'vn degaſt & deſola-
tion (ce ſemble, de toute la terre) non ſeullement noſtre, mais auſſi eſtrangere: puis que
la ſource des grands malheurs qui de pres
nous talonnent, eſtend ſes peſtilencieux ruiſ-
ſeaux ia preſque par tout l'vniuers, ſans reſi-
ſtence, & va trop plus auant que la racine des
trauaulx qu'auons ia ſouſtenus.

C H A P.　2.

T affin que plus long temps ie
ne vous detiéne suspens par vn
desir de cónoistre ce grand mal
qui nous pend sur les yeux: l'en-
tens parler de l'execrable erreur
des Maleficiers, Sorciers, Enchanteurs, Deuins, Magiciens & leurs complices, qui se re-
nouuelle & rengrege de iour en iour en ceste
France comme ia il est trop auencé par tous
endrois du monde: crime si grand , forfait si
detestable, & que tout homme doit auoir en
tel horreur , que la memoire ou le nom seul
d'icelluy , luy doit faire herisser les cheueux
en la teste, grincer les dents , & trembler les
genoux, oyant nommer la chose la plus odi-
euse au souuenir, la plus grieue à soustenir,
& la plus sacrilege & blasphemants contre

226 . q . 7.　son createur qui se puisse de bouche pronon
can . Non　cer.[a] Car qü'esce autre chose malefice ou Sor
obseruetis.　cellerie & semblable art de superstition, sinó
10 . Gerson.　vne vraye apostasie, vn peché de blaspheme,
inartic. Pa-　vn crime de lezé Maiesté Diuine, [b] le plº grád
risiis damna　qu'on sçauroit trouuer? Par lequel qui en est
tis to. 1.　attaint, trahissant Dieu aux despés de sa pau-
b Sorcelerie
en son genre　ure ame, il fait hommage à son aduersaire le
& mesmes

Diable: luy mesme s'attribuant ce qui est propre à sa seulle Maiesté, taschant à se rendre
admirable, & côme digne d'estre adoré, ainsi
que faisant choses surpassentes les forces en
l'Esprit de l'humaine nature : ains plustost
apartenantes à quelque diuinité ? Et ceste
grande impieté, combien qu'elle soit engra-
uée au cœur de la pluspart de ceste farine
d'hommes remplis d'orgueil & d'vne amour
de soy mesmes : Aucuns toutesfois ont esté
tant aueuglez par impudente presumption
qu'ils ont au sé publiquement se venter estre
vrays Dieux : Les autres a tout le moins estre
les grands mignons, secretaires, ou archipro-
phetes de la souueraine puissance & diuine
Maiesté. Qui fait que plus asseurement nous
disons ces autheurs de Magie & de Sorcellerie plus auencez au vice que tout autre homme mortel, auoir grande conuenence auec
le peché de Lucifer qui s'est voulu attribuer
l'honneur deu à Dieu seul, & pour lequel il
fut precipité du haut trosne des cieux aux
profonds & tenebreux enfers.

en quelques
circunstan.
est plus grãd
que celuy
d'Adam.
Iacob. spren-
ger in Ma-
leo Malef.
part.1.q.14
Exemple de
Simõ le Ma
gicien en
Abd. Ba-
byl.lib.1.
hyst. Apost
ca Egesip.
lib.3.c.2. de
Excid. Hie.
Idem Abd.
lib.6.de Za
roe & Ar-
sexat Nicep.
Eccl.hist.
lib .3.cap.12
de Menan-
dro.
Isa. 14.

CHAP.   3.

Les actes execcrables des Maleficiers, Nicromantiens
Sorciers, Magiciens, Deuins, & semblables.

A iij

Fr. Georg.
veneti de
harmo. mū-
di. c. it. 3. to.
4. cap. 3. cic.
1. de diuin.

Exēp. de
Hermog. in
vitas. Iaco
Abd. lib. 4.
Apoſt. hiſt.

Exēp. apud
vlric. Mol.
Tra. de la-
miis, &c.

T EL eſt le Magicien, tel eſt le Ma-
leficier, le Sorcier Deuin, En-
chanteur, & ſemblables, qui par
leurs ars infernaux veulent predire les choſes à aduenir : (con-
noiſſence qui appartient à Dieu ſeul) reueler
les choſes occultes & paſſees: ſe rendre inui-
ſible ou autre choſe que ſoy : ſe tranſporter
ſubitement d'vn lieu en autre bien diſtant:
aller comme a cheual ſur vn baſton , vn
loup, ou autre beſte: guerir (ſans aucune medecine) les maladies des corps: voller en l'air:
ſe transformer où les autres, en quelque beſte ou autre ſemblence : repreſenter comme
vifs ceux qui ſont morts , & les faire parler:
produire ſur terre choſes nouuelles c'eſt adire comme nouuellement par eux crées , ſoit
tout ce en verité ou apparence : mais quoy
qu'ils en ſoit en tel eſtime du cōmun peuple
deuant les yeux deſquels paſſent tels nou-
ueaux faicts, qu'aucuns en croyent la pluſpart, & que meſmes les plus ſçauans ſe trou-
uent aucunement empeſchez d'en bien re-
ſouldre, & a la verité: ſinō que les plus ſages
& Catholicques ſubmettent ce au vouloir, à
la puiſſance, & a la cōnoiſſançe de Dieu ſeul,
qui pour certaines cauſes, & par certains
moiens a nous cachez, peut bien permettre
au malin eſprit (qui maiſtriſe telles gens) de
faire la pluſpart de tous ce en verité. Et oultre
cela leſdits malheureux reprouuez nuiſent

aux mortels par milles autres cruelles & bou-
reilieres inuentions, se faisans ainsi craindre
& redouter pour estre reuerez, soit par amitié
soit par force: comme excitant tempestes en
l'air, la pluie, ou la grelle pour froisser les
fruicts de la terre: faisant venir famine ou la
peste sur vn pays. Ils baillent aussi des lan-
gueurs, & maladies incónues: ils empoison-
nent, & ensorcellent: ils font mourir hómes
& bestes soient presens, ou absens, soit par
poison, ou soit par charmes & sans aucun at-
touchement, enuoiant mesme quelque fois
leurs Diables aux corps humains quant Dieu
le permet. Ils rendent la femme hayneuse &
impuissante d'engendrer à son mary: ils font
auorter celle qui a conceu en son vétre, souuent leurs propres femmes, ou si elles sont
sorcieres, elles mesmes en soy font telle cruauté & rauissét (ceux qui sont les plus excellans bourreaux en cest art) les petis enfançós
pour les consacrer au Diable: ou les bouilló-
nent pour en tirer la gresse à leurs vsages, ou
bien en succent le sang tout vif ᵃ sans espar-
gner (s'ils peuuent les tenir en secrets) non
plus les grands, n'y leurs propres enfans. Ils
corrompent les ieunes pucelles : ils trom-
pent la veüe, ils assopissent les sens: ils troublent l'entédemét, & affectiónét les fantasies.
Ils réuersent & maisós & chasteaux: ils s'acoï-
rent eux mesmes, & lient aussi les autres auec

Vlric. More-
litor tract.
de lamiis,
& c. hæser.
omnia pro-
bat.

Exép. Mal.
Malefic.2.
q.1.c.p.10.

10. Nider
as formica-
ii. S.cap.3. idé
leus Malef.

a Exép. de
Iulicus iap.
stat. en So-
zom. hist.
tripart. lib.
6.cap. 47.
& Niceph.
hist. Eccles.
li. 10.c.35.
b Tertul.li.
de omni z.
Exép. de la
das Paris er
che des Iuifs

A iiii

Magicien.
Epipha. con
tra hæreſ.li.
1.ſect. 30.
Nider in
form. lib. 5.
cap. 9.
Exemp. de
Marcion
Iren. lib. 1.
aduerſ. hæ-
reſ. cap. 9.
Prophir. vt
refert ſr.
Georg. ve-
net. de Har
mo mundi
cant. 1. to. 4
cap. 6.

le Diable par vn demeſuré appetit, & effect
de luxure. Bref il n'i a mechanceté au monde
qu'ils ne ſoiét hardis à commettre (affin que
ie parle auec vn qui eſtoit leur proche parét)
dont ils font infinis maux, & encore, qui pis
eſt, vſant, ou abuſant pluſtoſt des Sacremens
& ſaintes choſes bien ſouuent pour mieux
emmanteller leur malice (induicts à ce par
leurs demons) pour plus faire de dépit s'ils
pouuoient, au Createur qui leur a donné &
l'eſtre & la ſanctification. Ce qu'il permet
pourtant (comme toute autre impieté) pour
pluſieurs cauſes ɋ nous toucherons tantoſt.

*Que les Sorciers Maleficiers & c. ſont pires que tous
autres Heretiques plus à fuir & punir.*

CHAP.   4.

*Lactan.lib.
2. cap. 18.*

O Y L A (Peuple François) ce qui
couue & croupit au milieu de noſtre patrie, machinant les maux có
tre nous, dont ces beſtes enragées,
non pas hommes, ſcauent cóbler ceux qu'ils
veulent, & Dieu le permet. Que pleuſt à ſa
Maieſté qu'ils ne tinſſent couuertemét eſcol
le de leurs mechancetez en la ville capitalle
de ce iadis noble Royaume. Mais puis qu'ils
ſont tels, qui eſtce qui ne les fuiroit plus que
la peſte cruelle, eux qui infectent tout? Qui

ne les estimeroit dignes d'infinis tourmens
& suplices, puis qu'ils sont si cruels & reuesf-
ches à tous? Qui est le Royaume, la republi-
que ou les Magistrats qui ne deuroient estre
songneux à rechercher & punir griefuement
tels monstres diaboliques, puis qu'ils sont
tant pernicieux au public. Ce sont ennemis
trop plus peruers, & beaucoup plus à redouter & craindre, que ne sont pas, ne furét onc-
ques tous autres seullement Hereticques.
Car à peine pourroit on trouuer de milles
vne centaine d'autres errans qui sciemment
peussent faillir en ce qu'ils croiét. Tous presque estiment auoir bon sentiment du fait de
la religion: & s'ils auoient autrement fiché
en leur cœur q̃ ce dont ils font publique pro
fession: il est credible qu'incõtinant, aucuns,
chanteroient le contraire, & rentreroient
dedans le girõ de celle qui les a christianisez,
l'anticque Eglise. Lesquels d'abondant quãt
par arrest de la iustice sont executez: ils e-
stiment estre martirs de Dieu, tant fort le
pere de mensonge leur à charmé ou filléles
yeux de l'Esprit. Mais ces execrables creatures premiers disciples de cest abominable,
Simon Magus, chef de toute heresie & mé-
chanceté, dicts à bon droit Maleficiers pour
la grandeur de leurs enormes actes, & decla-
rez communs ennemis de salut, d'vn franc
arbitre qu'ils auoient, se sont libremét voüez

Aug.
Euseb. lib. 2
cap. 13. Ec-
clef. histor.
L. Nemo C.
de malef. &
mathem. 26
q. 5. can. nec
mirum.
L. Quicun-
que. C. eod.
Bulla Innoc
pa. in li. Ma-
le. malef.

& conſacrez au Diable ennemy de nature:ils
ſe ſont adonnez du tout a luy , renians d'vn
meſme courage leur Dieu createur pour ac-
complir leurs ſuſdittes malheureuſes entrepriſes par le moyen, la ruſe, la force, & la malice de celuy auquel ils ſe ſõt aſſeruis. Ce que
faiſant ils ne peuuẽt ignorer qu'ils ne nuiſent
auec tout ce grãdemẽt à leur prochain: qu'ils
corrompent pluſieurs choſes, & abuſent des
creatures de Dieu: bref qu'ils s'acquierẽt dã-
nation eternelle, comme à ceux la qui les fre-
quétent, & qu'ils faignent ſoulager par la cu
rioſité de leur art. Et pource i'auſe hardiment
encor les prononcer plus deteſtables en tout
genre d'iniquité & meſcreance que les rudes
idolaſtres, leſquels par ignorẽce n'ont pas có
nu, comme ceux cy, les moyẽs de paruenir au
ſalut.

Pourquoy pluſieurs ſe font Sorciers, Magiciens &c.
Et pourquoy Dieu permet au Diable & à ſes mem
bres faire tant de choſes execrables & nuiſibles,
leſquelles toutesfois ſouuẽt il empeſche ou deſtruit.

C H A P. 5.

Galat. cap.
3. & 4. Ia-
cob. deualẽ.
Traⁱt.3. ca.
2. regul. 8
prologi in
DE ce nous pouuons iuger que tout
ainſi comme par le Bapteſme nous
ſõmes incorporez auec Ieſus-Chr.
& faicts enfans adoptifs de Dieu pour rece-

uoir l'heritage eternel & celeste:ainsi ceux cy
l'ayant renié,& presté le serment au Diable,
ils se rendent vrays enfans de ce prince d'or-
gueul, & pere d'enuie, non par creation ou
nature:mais par imitation de malice,auec v-
ne insatiable curiosité de sçauoir ce que Dieu
ne veult estre connu de l'homme, & moins
encore practicqué, & ce font ils ou pour acquerir gloire mondaine: ou pour auoir des
biens terrestres:ou pour assouuir leur incre-
dible lubricité: ou pour auoir moiens plus
aptes à se venger,& nuire à ceux qu'ils hayét:
bref estimant nulle chose de ce monde leur
estre à souhait, de laquelle ils ne iouyssét, s'e-
stans mis vne fois à l'abandon, & baillez en
gages au Diable, qui s'attribue la seigneurie
du monde: duquel toutesfois ils sont tát peu
fidellement recompensez, qu'on voit à l'œil
telles gens le plus souuent estre en leur vie,
& plus encore à leur mort,tresmiserables &
malotrus. A ces fins toutesfois ils s'establis-
sent ministres souuerais & premiers vassaulx
de l'Antechrist, a l'aduenement duquel S.
Paul escript deuoir estre selon les œuures de
Sathan en toute force,signes & prodiges mé-
teurs,& en toute seduction d'iniquité: notát
expressemét qu'é special cest pour ceux q doi
uét perir, d'autát qu'ils n'ót pas receu la chari
té deverité pour être sauluez. Et pource (dit S.
Paul) Dieu leur éuoira vn œuure d'erreur &

Psal.
Iob.ca. 41.
Sup. 2.

S. Brigittæ
lib. 6.reuel.
cap. 82.
Aug. 26. q.
4.can. Sciē
dū li. de na.
demo. Por-
phir.lib. 2.
de animaliū
abstināt.

Math.c.4.

Exēp. en
Niceph. li.
10.c. 34. de
Iulienl Ap.
En S. Bri-
gitte li. 6.c.
76. & pluſ.
in speculo &
matre hist.
en Io.fr. Pic.
Mirand.li.
4.prenot.c.
9 Minuc.
in Octa.

2 2.Theſſ.2

tromperie (côme font les faux miracles que le diable fait par leurs mains) à ce qu'ils cro-ient à menfonge, a fin que tous ceux qui n'ôt creu à verité: ains fe font ioincts à l'iniquité, foient iugez. Tels font vrayement ceux cy qui croyent au diable, qui font plufieurs fi-gnes & actes fuperfticieux & tres infames, voire & des meurtres inhumains, & fembla-bles cas plus que Barbares, en vertu & côme

b *Athan.* *fer.* 3. *côtra* *Arrian.* *Auguft.li.* 10.*de ciuit.* *dei.cap.*16. c *Io.Ger.t.1* *in Artic.de* *Mag. con-* *demnat. art.* 17. d *Aug.lib.2* *de Genef.ad* *lit.c.17.lib.* *de ciuit.cap.* 7. *Thom.22* *q.96.* e *Guit. Pa-* *rif.lib. de* *leg.16.* b *Tertul. de* *Idolat.* *Aug.lib.3* *de Trin.* *cap.7.* c *Iob.41.*

par proprieté naturelle defquels leur maiftre leur fait accroire que vfant à ce de certains mots , ligatures , ou characteres charmeurs ils feront œuures qui font outre le commun cours de nature,& qui leurs femblent mira-culeufes : Combien que quant ils en font de telles,b ou ce n'eft que par apparence prefti-gieufe, imaginatiue, & abufiue: ou bien fi c'eft en verité c (comme il aduient quelque-fois) d ce n'eft en vertu de telles fuperftitiôs e (qui ne leur fôt pcurées de leur feducteur, que pour amufement & hommage). Mais en recompenfe punitiue & fupplice d'icelles, comme de c'eft hommage par eux fait:b eftât la caufe operête de ce, la feulle agilité & puif-fance du diable (qui toute autre force mor-telle furpaffe) ou naturellement par luy de Dieu receue en fa creation:ou bien à luy de nouueau en ces cas octroyée, par la permif-fion de Dieu, Lequel luy donnant, à noftre chaftiement, ou probation, telle licence fur ces miserables forciers, & le pouuoir de faire, ou reueler chofes qui autrement cóme à eux tant impoffibles qu'inconnues : (combien qu'il ne luy lafche la bride de faire tout ce qu'il voudroit ou pourroit bië):il nous donne à connoiftre par ce, qu'il y a donc des malins Efpris, contre lefquels nous auons beaucoup a batailler, & qu'auons grand befoin de fon ayde. Mais d'autrepart il punit auffi l'infidelité & les autres vices actuels de ces difciples du diable : comme au femblable il prend végeance de noz pechez, par les maux qu'ils nous font endurer : ainfi que tous autres Tirãs & Hereticques : ou bië pour efprouuer la pacience de ceux qui n'ont merité telles angoiffes & tortions comme celle de Iob : & pour voir la conftance & la Foy de ceux qui font fpectateurs de telles piteufes tragedies, ou de leurs faits qui tirent les hommes en admiration: auffi pour aduertir par ce les fidelles que pour rien ils n'ayent à faire telles chofes ou pour augmenter les merites des bons où pour finallement manifefter la gloire de Iefus-Chrift, en vertu du fainct nom du quel, comme du figne admirable de fa Croix des faincts Sacremës, d des prieres de l'Eglife e mefmes de l'eau f, ou du paï benis ff, les prétres g & exorciftes d'icelle fouuët dechaffent telles maladies tels fais, & illufiõs diaboliçs: Dieu hónorant ainfi, & par mefmes moyens

c Beda li.3.ca.31.in luc.8.excëp.Bri.li.6.ca.80.

f Auguſt. de Trinit. lib.3.cap.7. Io.Damaſ. lib.2.cap.4 Greg.dialo. lib.3.cap.2X g Clem.Ro. lib. 4. recognit. ad Iacob. Frat. domini. Vlric. Modlit.de lam ꝟ ꝗ.8. Auguſt.li. 10.de ciuit. dei.c.21. Aug.li. de diuina deman.cap.3. Iob.cap.1. Pet. lomõ.2 fentët.diſt.7 Aug.lib.3 de Trinit. cap.7. Vlric.Mol. tract. de la misqueſt.ꝑ. a Mare.c.16 b Epiph.To. 2.lib.1.ter. 3. Aug. li. 83.ꝗ.79. Tho.2.2.ꝗ. 90.art.2.

d *Matt.17*
Iacob. 5.
c *Exēp.Caf*
ſi.hiſt.trip.
lib.9.c.t.34
f *Exū.Abd.*
Babyl. lib.
1.hiſt.inui-
ta S.Petri.
ff *Decōſid.*
diſt.4. can.
Sacerdotes.
g *Tert. de*
coron.mil.
& lib.de a-
nima. Aug.
l.deuit.bea.
h *Marc.16*
i *Exēp.caſ.*
hiſt.trip. li.
7. cap. 39.
k *Aug.li.*
vno de nat.
boni aduerſ.
Manich. c.3
Cypr.lib.de
idol. vanit.
l *Iob. 40.*
Pſal. 103.
m *Cyril.li.*
6.c.6.in Io.
n *Exod.7.*
8.&c.
o *Ieron. in*
Ioel.23.q.5
Iacob.deua
lit.inpſal.8

ſes ſacremēs ſa ſainƈte parolle,ſon Egliſe,&
ſes vrays miniſtres h auſquels il a baillé puiſſance deſſus tous les eſpris immundes & malins,1 cōme eux meſmes ont quelquesfois cō
feſſé.car le diablek bō de nature mais mechāt
de propre volunté, l & ce dragon que Dieu
a fait en la mer de ce monde,m pour ſe moc-
quer de luy,tournant ſa mechante volunté à
noſtre grand proffit & à ſa gloire:n cōme autrefois il ſ'eſt ioué de Pharaō(figure d'icellui)
par ces miraculeuſes playes:duquel il fait ſē-
blablemēt le fleau,l'inſtrumēt,& l executeur
de ſa iuſte fureur,q s'eſtend deſſus noº en pluſieurs moiës deſquels nous ne doubtons pas.

Pourquoy le Diable vſe cōme d'vn inſtrument prin-
cipallement de la femme pour faire ſes plus gran-
des mechanceteℤ, comme les Sorcelleries.

CHAP. 6.

R plus fait ce malin eſprit des maux
quant à ſon regard,& d'executiō de
la iuſtice diuine par le moiē de ceux
qui ſe ſont aſſeruis ſoubs ſa puiſſance,ſoit par peché commun (en ce que tels
troublent & attirent les autres en leurs
meſmes façons) ou ſoit par ceſt enorme
crime de curieuſe ſuperſtition,en ce que ceux
qui en ſont attainƈts,oultre l'orreur des vi-

ces cõmuns,dont ils font auſſi tous farcis,le
diable ſe ſert ſpeciallement d'iceux comme
de fidelles ſergeans pour exploicter ſes plus
pernicieux deſſains,mieux qu'il ne feroit pas
par ſoy meſmes tout ſeul:& ſont grãdement
duiſibles tels engins à ſa bouticque:veu que
toute action ſe parfait plus cõmodemẽt auec
vn inſtrument propre à la productiõ d'icelle,
que ſi on beſõgnoit ſans ayde d'aucun outil.
Et tout ainſi comme Dieu à bonne fin vſe
ſouuent des ſecondes cauſes pour operer en
nous ce qui luy plaiſt ,comme du miniſtere
des anges, ou des Apoſtres, ou des Saincts,
deſquelz auſſi s'eſt aydé Ieſus-Chriſt pour pu
blier ſon Euangille. Ainſi ſemblẽt au diable
autres cauſes ſecondes plus aptes &commo-
des a ſon vſage pour moleſter les autres crea-
tures(ſpeciallement raiſonnables, qui viuẽt
ſoubz l'obeyſſance,& la crainte de Dieu)par
autres creatures quelquefois leurs ſemblables,en abuſãt d'icelles par depit de leur crea
teur,&en deſdain de ceux pour leſquels tout
a eſté creé:mais principallement ſachant biẽ
que les hommes ſe donneront moins de garde d'eſtre trõpez par leurs ſemblables,que ſi
tout ſeul il les aſſailloit,ou armoit & pouſſoit
quelque autre beſte contr'eux.Qui eſt l'occa
ſion pourquoy ceſt eſprit cauteleux, a voulu
ſeduire la mere du gẽrehumaĩ ſoubz le corps :

a *Genef.* 2.
b *Iob.* 2.
c *Tob.* 2.
d'vn Serpét & l'homme premier Adam auec toute ſa poſterité par le moyen de ſa propre femme, & s'eſt efforcé d'induire ces bons per ſónages b Iob & c Tobie à impaciéce ou mur mure de la tribulation q̃ Dieu leur enuoyoit par les iniures & reproches que leur faiſoiét leur femmes : duquel genre d'inſtrument il a de couſtume d'vſer en ſes plus grãdes & ini ques entrepriſes, cóme eſt remarqué en main tes hiſtoires : dont n'eſt de merueilles ſi plus on trouue de femmes Sorcieres que d'hom mes, eſtant la femme plus curieuſe fragille & facile à ſeduire, plus apte à perſuader quelq̃ nouueauté, & plus ſongneuſe à l'executer, que n'eſt pas l'homme : raiſon (ce ſem ble) peremptoire & de miſe pour allouer en

Tertul. lib. de Idol.:
Mich. Pſel lus.
compte de verité l'opinion de ceux qui ont eſcript ce ſubtil tétateur eſtre amoureux d'i celles. Au ſurplus n'a il pas auſſi ſuborné & ſeduit tous les Gentils par l'inſtrument des Philoſophes & des Poëtes vains & fabuleux, qui par leurs inuentions plus diaboliques q̃ naturelles, ont fait venir en vogue, & main tenu l'Idolatrie des faux Dieux & Deeſſes? Ainſi vſe il encore (comme preſque il a fait de tout temps) de pluſieurs : Mais principale ment de femmes ſoubs l'appas de l'admira ble & en tout genre de mal tres-puiſſante art

a *Heb.ca.*2
*Ioan.*12.
de Magie & Sorcellerie pour recouurer ſa dignité depuis l'aduenement de Ieſus-Chriſt

perdue

perdue entre les mortels, b se seruant de ces
miserables comme l'oyseleur de quelque oy-
seau lié par le pied contre les filetz tendus
pour attraper les aultres.

b Frā. Pic⁹
Mirand.li.
7. de rerum
prænot.c.4.

Les trois arts qui ont seduict le monde dont la princi-
palle est la Magie, & de son origine.

CHAP. 7

Ar ces trois la, assauoir la Philosophie seullement naturelle & babil-
larde des Payens, la Poësie menso-
gere & furieuse, & la Magie sur tou-
tes arts execrable, ce sont les trois espris immundes semblables aux raynes c que l'Apostre S. Iean escript auoir veu sortir de la
gueulle de ce grand dragon qui est le Diable,
& de la gueulle de la beste qui est la trouppe
des mechans hómes brutaux & abestiz, & de
la bouche du faux Prophete qui est ou Ma-
hómet ou l'Antechrist, d si nons croions aux
saincts docteurs sur ce passage, desquels l'in-
terpretation est authentique: par ce que voyons auoir esté fait, & se practicquer tous les
iours.e Car ces Philosphes afin d'eterniser l'i
dolastrie & paganisme ont denómé les ele-
mens du mondel, es Asttes les Estoilles, & les
Cieux, les iours mesmes & les mois par les
Noms de leurs faux Dieux, par l'influéce desquels corps celestes, & proprietez elemétai-

c Apocal.
chap. 16.

d Rupert.
& Dion.
Carth.in
Apocal.
e M.Minu-
tius in octa.
Lact.fir.li.
2.ca.5.14.
Niceph.hist
Eccl.lib.14
cap.19.idé.
fere de Ma-
gis pers.

B

Niceph. hist
Eccl. lib. 14
ca. 19. idem
erede Ma-
gis Perf.
res, plusieurs choses ont leur vigueur, & sôt
aucunes naturellemêt produites en lumiere
voulans par ceste appellatiõ tels effects estre
attribuez à la presumce diuinité desdicts faux
Dieux, desquels ces corps celestes portent le

Rom. ca. 1
Nom. ſ Et pource S. Paul parlant d'iceux
Philosophes escript qu'eux soy disans estre
sages, ont estez de grans fols, euanouis en
leurs pensees, en ce qu'ils seruoient plustost
aux creatures, qu'a leur createur: dont ils ont
estez baillez en sens reprouué, cóme estans
réplis de grãdes vanitez & souilleures, tousiours biê nageans sur les eaues de transitoire

a
vanité: a(telle qu'est leur art ne seruant rien à
salut) & cacquetant au reste sans nul proffit

Plato in
Phædro.
comme grenouilles dans leurs maretz & les
Poëtes ont estez ceux qui enseignez de l'esprit mesme d'impurité & furie ont tain[c]ts

Lact. fir. Iu
ſtin. li. 2. ca.
9. 10. 11.
leurs carmes furieux dedans le lac de maintes impudicitez: appellans dieux & deésses
ceux & celles qui estoient fignãment en leur
vie bruslans du feu de lubricité, ou bien enflez d'ambition, ou plustost fameux & l'vn
& l'autre vice inuocquans soubs noms par
eux mesmes inuentez les furies infernalles,
& les espris impudicques pour leur estre fa-
uorables en leurs pöesmes qui n'ont rien de

Abrah.
Auenarza
dict. Ind. le
ron. li. 1. cõ.
Dicers. 2.
bó suc: mais sont garnis seullement de babil,
& pourfilez de tresgrande módanité. Et quât
aux Magiciens Sorciers ou Maleficiers & sê-
blables (cóprins tous soubs vn mesme nom)

lefquels ont leur origine des le temps de Ia-
red fixiefme en ligne apres le premier hôme:
& depuis plus authorifez par vn Affur cómu
nement nómé Zoroaftres fils de Nembroth:
eftant leur art infame forty vrayement de la
gueulle de ce Dragon mentionné, d'autant
que ç'a efté par la curieufe cófabulation d'a-
uecle diable que l'hôme a eftéimbué de telle
impieté:ie trouue ǧ ce font ceux la qui principallement ont retenu en leur erreur les Payens par faulfes inuentiós, & fimulez miracles, par lefquels ils pipoient les cœurs de
ces idolaftres, tant pour l'admiratió de leurs
rares & non vfitez faicts, que pour la cómo-
dité temporelle ou charnelle qu'ils preten-
doient par ceft art de Magie.Et pource par-
deffus tous les aultres cy deffus dicts ont ils
eftez cófizen tref-vaines& non moins fottes
curiofitez cóme auffi la plufpart fouillez d'in
fecte lubricité a ǧlquesfois exercee auec les
mefmes efpris de fornication. Dedans tous [z]
lefquels vices aux vns & aux autres fufdicts
cómuns,ils ont eftez tous plongez comme
grenouilles au plus creux de quelques eaues
marefcageufes,& d'vn villaï bourbier: b leur
cóuenant en ce,& pource regard par S.Iean
à eux fort dextrement appropriée , lappel-
lation de grenouilles.

*Epiph.li.1.
to.1.in prin
cip.cũtr. ha
ref.*
*Polyd.virg.
lib.1.de
iunct. rer.
cap.22.*
*Plin.lib.30
hift.nat.ca.
2.*
*Cyril. A-
lex.lib.4.
cũt. Iulia-
num.Eufeb.*

*b Parmaf.
li.4.in A-
poca.*
*c Apocal.
cap.16.*

B ij

Pourquoy la Magie ou Sorcellerie eſt appellee beſte,
& ſont cõpareʒ les Sorciers aux beſtes cruelles.

C H A P. 8

Ais entrons plus auant en la con-
templation de la reuelation my-
ſticque de ce diuin Prophete à ce
que nous puiſſions voir combien
nous deuons deteſter ceſt art infame de Magie : & cõbien loing ſont a euiter plus q̃ beſtes cruelles toꝰ Sorciers & autres ſectateurs
d'icelle. I'ay veu d (dit-il en ſon Apocalypſe)
vne autre beſte monter de la terre, qui auoit
deux cornes ſẽblables a l'agneau , & parloit
cõme le dragon, laquelle faiſoit toute la puiſ-
ſãce de la premiere beſte, de laquelle la playe
de mort a eſté guerie, & a fait de grans ſignes:
de ſorte que meſmes elle faiſoit deſcendre le
feu du Ciel en la preſence des hõmes, & a ſe-
duicts les habitans de la terre, a cauſe des ſignes qui luy ſont permis eſtre fais en la preſence de la premiere beſte. O grands myſte-
res & non legerement a peſer. Voicy deux
beſtes mẽtionnees, dont la premiere eſt Antechriſt chef principal de tous les enchanteurs. Par la ſecõde eſt entendue l'art de Magie & ſemblable ou bien ſelon aucuns la bã-
de & cõmunauté des mechans auant-coureurs, deuanciers, & miniſtres de cedict miſerable : que par c'eſt art feront pluſieurs ſi-

d Apocal.
cap. 13.

a

gnes & prodiges, vrayement iuſtemét beſtes Pſal.48.
appellez, puis qu'ils ont depouillé la robe
d'honneur de la raiſon , & fermé l'huis à la
grace de Dieu, de laquelle ils auoient eſté
par luy veſtus & douez en leur creation &
bapteſme, & qu'ils ſe ſont rendus par leur
propre malice, plus vils, & de pire condition que les beſtes irraiſonnables, leſquelles
retiennét leur naturel, & recognoiſſét (pour
tant farouches qu'elles ſoiét) touſiours leur
maiſtre & bien-facteur eſtant vne fois apri-
uoyſees. Mais ces brutaux Sorciers, ceux
principallement qui ont eſté autresfois do-
meſticques de Ieſu chriſt, s'aigriſſét cótre, nó
ſeullement leur bon maiſtre: mais auſſi leur
createur & redempteur, ayás au reſte maintes aultres conditions des beſtes cruelles
eux encore plus cruels, & ne ſuiuans rien autre choſe que l'apetit deſordóné de leur ſen-
ſualité brutalle. Auſſi ceſte fameuſe Sorciere
tant renómee entre les Payens, a eu le bruict
de changer telles gens (hómes d'apparéce)
en beſtes bruttes, non tant à la verité d'exi-
ſtence corporelle: que pource que ceux qui *Virgil. in*
alloient à ſa cópagnie (eſcolle de toute im- *Bucolic.*
pudicité) ſuiuoient pluſtoſt la trace de be- *Eglog. 8.*
ſtes ſenſuelles, que d'uſer du frain de la no- *Boets. lib. 4*
ble raiſon. *de conſol.ít.*
metro.3.

B iij

CHAP. 9

ET ceste beste, dict S.Iean, môte de la terre. Car telles gens terrestres & charnels, par la puissance du Diable, & des biens terriensqu'ils ont acquis par son moien, môtent en opinion de soy-mesme & par orgueil s'esleuent contre Dieu, Ils se font grands, aucuns, en se rendans admirables entre les fols sensuels par leurs œuures inusitees, n'espargnans auec ce n'y forces, n'y richesses terrestres pour ce faire des autres mortels accroire, suiure & honorer. Par laquelle ruse quelques vns d'iceux se sont aduencez & intruz iusques a la principauté & des Royaumes & desEmpires tant hault sont ils montez: mais pour deualler apres ceste vie, & quelquefois en icelle & eternelle misere dôt par cest art mesme sur to°, les Perses les Bactrians & les Ægiptiens ont maintenu pour vn temps, leurs Royaumes & republicques: establissant escolles ouuertes de ceste sciéce, ou ils faisoient instituer leur ieunesse, ceux specialement qui estoiét de plus noble côdition, car tel estoit le vouloir du prince (pour lors) du monde lucifer, auquel ceste icolastre antiquité rendoit ses vœux, luy ser-

Plin.secüd.

Alexãd.
ab Alex.
lib.2. Ge-
niali.dier.
cap.25.

uant en diuers metz de superstition. Et parce ceste beste, soit le Diable, soit la Magie,
receuoit lors vn plus grãd hõneur: l'excepte
toutesfois les Empereurs de Rome qui ont
eu ceste gloire d'auoir fait peu de conte de
ceste tenebreuse vanité: si ne retirons d'vn si
grand nombre vn Numa Pompile premier
Romain inuenteur de maintes especes de
deuiner, & autres superstitions voysines de
cest art: & depuis la venue du sauueur a vn
Neron, qui toutesfois en fin a esprouué la vanité d'icelle: b mais dessus tous ce malheureux Iulien l'Apostat, lequel par cõuoitise de
regner l'ayant aprise en cachette, en a fait
preuue plus hardiment que les autres. Que
si à laueu de ces grans personnages cesdicte
beste de Magie a prins authorité sur les hõmes: c moins n'ont fait pour icelle quelques
anciens Philosophes qui l'ont tenue en sin-
guliere recõmandation, & enseigné aux autres, speciallemét a ceux de Grece, & d'Italie
l'ayant, aprise des nations lointaines & e-
stranges, ou ils auoient voyagé. Et pource
moins de peine à elle euë à s'espãdre par l'v-
niuers, que plus excellans estoient ceux la q
l'annoncoient par tout, cõme vn Platon, vn
Pytagore, vn Empedocle & dessus tout vn
Democrite & semblables.

Ruper. li. 8.
cõm. in A-
pocal. cap. 13
Plutar. in e-
ius vita de
viris illustr.

Plutar. in
eius vita de
viris illust.

a Plin. lib.
30. hist. nat.
cap. 2.
b Niceph.
Ecclef. hist.
lib. 10. cap.
34. & 35.

c Plin. li. 3e
cap. 1.

B iiij

Les Empiricques Medecins, les Vrinaires, ou Phisis-
nomiaſtres, les Prononſticqueurs, & Almana-
tiſtes ſuſpeƈts en Sorcellerie, la font valloir. Et
quand elle ſera en ſa pluſgrande authorité.

C H A P.   10

Ceux-la n'ont point nuit les Medecins anticques qui l'ont quelque fois auſſi praƈticqué en la
gueriſó (qu'ils eſtimoient) d'aucunes maladies autremét incurables, & en
conieƈtùrant de l'iſſue de toute eſpece d'in-
firmité: ſi n'a elle eſté toutesfois (en ce qu'elle
fait a la diuination) en moindre eſtime aux
Aſtrologues & Mathematiciens, qu'a tous
ceux la, leſquels, tos d'vne meſme affeƈtion,
s'en ſont, aydez bié ſouuent, ne fut ce q̃ pour
ſe monſtrer plus admirables & gentils cópa-
gnós en leur art, qu'ils n'eſtoiét pas. De ſorte
qu'aucuns ont voulu dire icelle auoir prinſe
ſa ſource & ſon cómencement de telle am-
bitieuſe curioſité en ces anciens la trop ſinguliere, & remarquée: d'autát q̃ ceſt art, prin-
cipallemét, de Sorcellerie, en ce qu'elle ſéble
apporter gueriſon, & valoir à la prenuncia-
tion des choſes qui ſéblent à aduenir, és façons q̃ dirós tantoſt, elle a non mediocre af-
finité auec les diſciplines de medecine & d'a-
ſtrologie, ce q̃ faiƈt craindre q̃ ceux la, voire
en ce téps cy meſmes ſoiét imbuez de ceſte

Magie, lefquels par la feulle infpection des
vrines, ou des phifionomies iugent, fans ef-
couter n'y manier les patiens, à la verité &
feurement de toutes maladies en quelque
part du corps humain qu'elles foient : cela
n'eftant en la puiffance de leur art ou qui o-
perent, côme empiricques a la curatiô d'vn
mal fans bonne raifon de l'art de medecine:
ceux auffi qui par le mouuement feul des
eftoilles, veullent predire tous cas futurs,
cachâs foubs le nom de leurs arts liberaux,
dont ils fe difent feullement profeffeurs l'infame l'exercice de cefte peftilentieufe fuper-
fticion Sorciere. Ainfi doncques petit à petit
à prins croiffâce cefte befte, & a par fa courfe
legere finallement penetré fi auant, qu'elle *plin.*
eft paruenue iufques en noz Gaules des long
temps a, i'aufe bien dire (quoy qu'il ne le fê-
ble à voir) prefque paffée par tous les cli-
mats da la terre, retenant encore de prefent
en plufieurs endroits mefmes de la chreftiété
fa premiere vigueur du paganifme : combien
que tant finement & à couuert cela fe manie
fpeciallement en cefte France, ou y a encore
plufieurs bons princes & gens de bien, que
n'eft la femme Sorciere comme pour telle
fouuent par fon mary, l'enfant, du pere, n'y la
feruante, de fon maiftre. Mais quant l'Antechrift fera arriué, lors elle fera pl° manifefte,
& en fa plufgrande vigueur : alors vn nôbre
infiny de Sorciers & Sorcieres feront en cre-

Exode 7. dit pour vn temps (helas qui leur sera bien cher vendu)auec leur Roy & Capitaine:cōme il nous a esté prefiguré en Pharaon, auec lequel regnant en Ægipte estoient en bruict vn Iannes & vn Mābres grans maistres gonnins en cest art, qui l'oprimoiēt ensemble le peuple de Dieu. Ce qu'il ne fault pas estimer estre fable ou mensonge, puis qu'ainsi est q̃ noistre Seigneur Iesus Christ a predit qu'aprochant la fin de ce monde, & cest Antechrist voulant,tout a descouuert, esleueroit plustost dilater, son Empire, plusieurs faulx prophetes (tels que sont tous Deuins, Sorciers, &noz pronosticqueurs de neiges fōdues ou à fondre, qui mentēt le plus souuēt) feront des signes admirables, a tant que, sy faire ce pouuoit, ils seduiront les esleuz de Dieu: ce qu'il fault vrayement entendre speciallemēt en la vertu de ceste beste hydeuse, laquelle aussi pour ce regard est ditte par S. Iean auoir deux cornes.

Math. cap. 24.

Qui sont les deux cornes,cest adire les supostz & fauteurs de ceste beste Magie.

CHAP. II

Ar qui sont ces deux susdittes cornes de ceste seconde beste sinon les appuys & supotz de l'Ante christ mesme & de Magie repre-

sentez par les deux plus insignes Magiciens, Exod. 7. 8.
qui soient pource métionnez és sainctes let- &c.
tres, scauoir est les susdictes Iannes & Mambres, qui ont seruy cóme de deux cornes à
Pharaon (figure d'Antechrist) pour resister
a Moyse & Aaron en faisant semblables signes qu'iceux en la presence de ce Roy inic-
que de son Peuple Ægiptien & des enfans
d'israel, afin que voyans ces cas semblables,
ny luy, ny ses subiects ny mesmes les Israelites (s'il s'eust peu faire) ne recónoissent non
plus la puissáce de Dieu(indice en ce & argument de sa volunté)aux miracles de Moïse, qu'aux signes de ces deux malheureux, &
que demeurans par ce en doubte, fussent les-
dicts Israëlites retenus , & engardez d'aller
par les deserts sacrifier au Souuerain Dieu,
ou il les appelloit. Dont nous retirós en có-
sequence q̃ par ces deux infames seducteurs
& rebelles nous est représérée toute la troup
pe de leurs semblables Magiciens & infidelles speciallement hereticques,qui par ce
mesme art,ainsi que par argumens cornus,
empechent les spirituels Israelites (cupides
de la diuine cótemplation) d'abandóner les
tenebres de ce monde sensuel,pour aller és
lieux solitaires sacrifier leurs corps par œuures de penitence, & dedier leur ame à Dieu
par vne plus ardente charité. Ce sont ceux la
mesmes,lesquels brouillans les cerueaux fá-
tasticques d'vne infinité de doubtes nubi-

leuſes empechent les inconſtans ſe ioindre à
Dieu par vne viue foy & ſolide: leſquels engardent auſſi les autres non plus fideles , at-
tains de quelque maladie, où perte de biens,
& pouſſez d'vne legereté, d'auoir en Dieu
ferme eſperance, quant voyant tels pipeurs
ſe venter de bailler gueriſon, de reueler vn
l'arrecin, ou ce qui eſt inconnu , & de faire
quelques tours de paſſe paſſe, ils ont recours
à iceux pour auoir, ou ſçauoir par leur arti-
fice ce qu'ils deſirent, pluſtoſt qu'a Dieu en
leur neceſſité, ou qu'a ſes ſainꝯts, qui font de
vrays miracles, ou aux moiens dont vſe l'E-
gliſe:ne pouuans telles gens infirmes en la
foy (diſcerner, que ces enchanteurs, qui ſemblent faire le meſme) ne font ce credit vrays
miracles:mais ſeullement en apparence de
verité pour mal & pour ſeduire, côme leur
maiſtre Satan. Ne plus ne moins que ceux
auſſi qui preſtent l'oreille aux hereticques,
ne peuuent remarquer quelle eſt la vraye ou
fauſſe Egliſe: ꝗ faiꝯt que par ces deux moiens là ces malins leuent leurs cornes côtre
l'aigneau immaculé Ieſus Chriſt. Mais plus
apertement (pour le preſent) ces derniers
hereticques qui regnent en ce temps cy: leſquels auec leur Pharaonicque Antechriſt,
ceſt adire par tyrannicque violence, retien-
nent le monde en grand erreur, s'oppoſans
contre le vray Agneau ſuſdiꝯt , en faiſás apre
guerre à ſes ſainꝯts, par force, par armes, par

Cyril. A-
lex.li.7.ca.
8.in Ioan.
Plin.li.30.
cap.2.

tromperie, & repugnance à la verité.

Description des Sorciers & Sorcieres Magiciens &
hereticques de ce temps cy.

CHAP. 12

E ces deux mesmes cornes, qui ne diroit S. Paul auoir expressement Timoth. 2 parlé côme par prophetie quant il aduertit son disciple de ce qui deuoit aduenir vers la fin de ce monde? voicy ces mots ou semblables: aux derniers iours (dit. il) les temps seront fort dãgereux, pource que les hommes seront amateurs de soymesmes, côuoiteux, superbes, blasphemateurs & desobeissants a leurs parens, ingrats, mechans, sans bonne affection, sans paix, faulx accusateurs, paillars, cruels, sans benignité, traitres, arrogans, enflez d'orgueuil, aueugles, & plº amateurs de volupté que de Dieu mesme : ayans bien quelque apparence de pieté: mais renonçans la vertu d'icelle : & pource fuys telle maniere de gens. Voila les tiltres d'honneur & blasons de ces magnificques Apostres du Diable, lesquels ie voudrois chacũ côgnoistre aussi bien leur vrayement côuenir que ceux qui les ont frequentez ou bon gré ou malgré soy, comme aussi ce qui sensuit au mesme texte sêble estre dict precisement des mal'heureuses femmes

a Euseb. Ec
clef.hist.lib.
2.cap. 13.

qu'ils ont seduites & attrapées au trebuche
de leurs impietez a selõ la mode de leurs deuanciers disciples de leur grand docteur Simon le Magicien: femmelettes chargées de
peché (dit S. Paul) qui se laissent conduire à
diuerses cõuoitises (cõme tesmoignẽt leurs
supersticieuses curiositez) tousiours aprenã-
tes, & iamais ne paruiennẽt à la cõgnoissãce
de verité. Puis poursuiuant il dict encore de
ces Seducteurs & tout ainsi que Iannes &
Mambres ont resisté à Moïse: ainsi ceux cy
repugnent à la verité gens corrompus d'entendement, reprouuez en la foy. Ne sont ce
pas la les viues couleurs desquelles sont fort
gẽtimentpaincts nos hereticques libertains?
Mais mieux encore sont elles seantes aux
meurs de nos Magiciens, de nos deuins, de
nos Pronõsticqueurs, superbes, & de nos
Sorciers, & Sorcieres. Leurs fais barbares,
leurs gestes impudens, leurs dissolutions,
leurs traitres desseins, leurs actes execrables,
leurs propos vains, mocqueurs, & mesõ-
gers soient raportez à ce que dict l'Apostre,
& on vaira s'il y a rien de different. Tels sont
les nœuds & durillons des deux cornes horribles de ceste mõstrueuse beste. Ie ne veux
pas toutesfois nier qu'aucuns considerans
q̃ l'Antechrist a deux peuples soubs le ioug
de sa loy, aussi bien que nostre Seigneur Iesus Christ, interpretent lesdictes cornes des
Iuifs & des Gentils, qui sont encore pendus

au crocq d'incredulité & d'idolaſtrie menās
la guerre a ceux qui tiennét le party de Ieſus-
Chriſt:car telles gens ſont auſſi les vrays ſu-
poſts du Diable , & ne s'eſpargnent moins q̃
les autres à charmer, enchanter, & enſorceler
ceux qu'ils peuuent côme ſont ſoy pluſieurs
hiſtoires. Et pource comme tels & comme
eſtás rebelles en la foy, ils ſont ſéblablement
de l'eſcolle de ces deux Iannes & Mambres.

Les Magiciens & Sorciers ſe veullent faire ſembla-
bles à l'agneau Ieſus-Chriſt.

C H A P. 13

R tous ceux la appellez pour ces
raiſons iuſtement cornes de l'art
Magicienne, ſont dicts encore en
ce ſéblables à l'agneau qui eſt Ieſus Chriſt, ou pource que l'Antechriſt prince
de Magie, eſt le chef des Iuifs & Gentils in fideles côme Ieſus Chriſt de ceux qui ſe ſont
régez à la foy:ou pource que ces enchâteurs
ſont choſes côme luy admirables & veullēt
auſſi acquerir par ce moien pareil bruit &
honneur que luy meſmes. Auſſi ce Dragon le
Diable(duquel ils ſont ſectateurs(s'eſt il pas   *Iſa. cap.14*
voulu (ceſt habille lourdault) faire egal au
fils de Dieu quant il a dict. Ie monteray & ſe-
ray ſemblable au ſouuerain:a meſme raiſon
eſt ditte ceſte beſte Sorciere parler en la faço̧

du Dragon. Car telles gens brutaux difent
en leur cœur (cōme ils demōftrent par leurs
œuures) qu'ils veulent fe parangonner a Ie-
fus Chrift,&. ce par leurs faulx miracles &
diuinations,à l'execution defquels, comme
de tous leurs mechans faicts ils emploiét les
mefmes blafphemantes parolles & inuocations qu'ils ont aprifes de leur precepteur ce
Dragō Diable.Finallement(dit S.Iean)cefte
befte faifoit la mefme puiffance que la pre-
miere:car quel eft l'Antechrift,tels font fes
alliez & confors.Mais ce fera (dit-il) en fa
prefence,ceft adire en fa vertu diabolicque
qu'ils feront telles chofes puiffantes.Ce que
voyant les hommes ignares & mal conditiō-
nez ils adoreront cefte premiere befte, en la
puiffance & au nom de laquelle tels fignes
merueilleux fe feront.

Qu'il femble qu'Antechrift aproche.Et en quelle for-
te les Sorciers font hypocrites & ne font en verité
tout ce dont ils fe ventent,defquels qui s'ayde ou
les frequente il fe damne,eux ayant la confci-
ence corrompue.

C H A P. 14

Doncques troys & quatre fois ma-
l'heureux Sorciers & Sorcieres,Ma-
giciens & Deuins,Race peruerfe de
l'Antechrift & femence du Diable, ennemis
de

de Dieu, & premiers fauteurs d'vne ſi grande impieté & plus qu'Idolatrie, Officiers,
Bedeaux, Heraux d'armes, & trompettes du
filz de perdition, lors qu'il comparoiſtra en
perſonne viſible, pour enioler & ſeduire le
monde, declinant au cours de ſes vieilz ans.
Auſquelz temps las combien pres ſemblons
nous approcher, puis que voyons eſtre ac-
comply la plus grāde part de ce que ce ſaint
perſonnage nous a (comme auons veu) pre
dict?& ſi ne nous contentons de l'oracle de
ce diuin Prophete:ſainct Paul nō de mediocre authorité, nous apprendra qu'auons ia
plus d'vn pied dedans la barque de ceſte der
niere & miſerable ſaiſon : & que pour le
moins les auātcoureurs de cedit Antechriſt
ſont ia en campaigne pour commencer à
dreſſer l'eſchaffaux ſur lequel ilz entendent
auec leur price ſanguinaire iouer leur cruel- 21.Tim.4.
le tragedie. L'eſprit, dict ceſt Apoſtre, m'aduertit apertement qu'aux derniers temps au
cuns ſe deſuoyeront de la foy, s'applicquans
aux eſpritz d'erreur, & aux ſciences des Diables, mentans en hipocriſie, auec vne conſ-
cience corrompue, deffendans de ſe marier,
& d'vſer des viandes que Dieu a creées pour
en manger auec action de grace. Qui ne ſe
perſuaderoit Chreſtiens François, ceſt orage
& tempeſte d'hommes endiablez eſtre tom
bée ſur les foibles eſpaules de ce ſiecle deplo
rable, puis que voyons cela ſortir ſon plein

C

effect, maintenant que par tant de moyens
vn ſi grand nombre d'hommes & femmes
ſe desbandent de la fidelle troupe des vrays
Chreſtiens &Catholicques,pour guerroyer
contr'eux ſoꝉz les enſeignes deſployées de
ie ne ſçay quelz eſpritz d'erreur,eſpritz vola
ges & de contrarieté:b & d'autant que plus
y en a de ceſte ligue enregiſtrez en leur rolle
plus à bon droict augméte noſtre ſuſpicion
que ce monde approche pres de ſa fin : mais
ou eſt la ſcience plus diabolique que la Magie,l'Enchanterie,Sorcellerie & diuination,
meſmes tous ceux qui font profeſſion cou-
uerte ou manifeſte de ces maudictz arts,ont
ilz moyen plus commode à esblouyr &trô-
per les fantaſies des ſimples, que fiction &
hypocriſie?& qu'ainſi ſoit,font ilz pas ſem-
blant de faire des miracles, & autres tours
c qu'en verité ilz ne font,comme de faire apparoiſtre & parler vn mort d (comme ſe van
tent les Necromantiens) de ſortir d'vn lieu
clos,ou entrer ſans creuaſſe, n'ouuerture, &
tirer du vin d'vne muraille : de creer quelques choſes, quoy que ſelon aucuns ·Au-
theurs ilz puiſſét produire de nouueau quel
ques petites beſtiolles corruptibles comme
Raynes, Mouſches, Vers, Erignées, & ſemblables,qui pluſtoſt viennét de quelque cor
ruption des Elementz,des vapeurs &de l'hu
midité de la terre à cauſe de la pluye, par la
force auſſi humectante de la Lune, & l'ar-

b Aug.
epiſt.80.

c Cyril.
Alex.
lib. 7. in
Ioan.ca.
8.
d 26.q.5.
cap. Nec
mirum.
e Albert
magnus.

deur du Soleil, ou du mouuement orbiculai
re des Cieux, amenées en ieu, &reprefentées
au befoing par leurs Diables, que de leur art, *Auguft.*
ou du feul pouuoir diabolique, lequel ne s'e *lib. de fpi*
ftend fi auant que de paruenir iufques à la *ritu &*
anima.
creation de quelque chofe pour tant petîte
qu'elle foit. Ilz fe vantent dauantage de trâf- *Exemp.*
muer vrayement & de faict vn homme en *Fauftin.*
autre forme, ou en befte brute, ou autre cho *clem.l.10*
recognit.
fe en autre fubftance : car auffi de pouuoir *Exemp.*
predire ce qui apres vn long temps doit cô- *Vincent.*
tingemment aduenir, & de guerir maladies *in fpecu.*
natur. l.
de toutes fortes incurables au medecî: mais *3.cap.109*
tout cela n'eftant en verité de leur part, fort *26.q.5.*
pluftoft de la puiffante forge du Tout-puif- *c.in.epi.*
fant, & qui ne peult eftre tiffu d'autre main.
Que s'ilz femblent bailler guerifon à quel- *En quel-*
que maladie deplorée : c'eft ou fçachant *le manie-*
re les Scr
par l'inftruction damnable de leur maiftre *ciers fem-*
d'enfer la proprieté des herbes qu'ilz appli- *blent gue*
quent à la medecine qui peult naturelle- *rir les ma*
lades.
mét profiter à telles infirmitez : ou c'eft plus
toft en oftant le mal & la douleur qu'eux- *Cyp. lib.*
mefmes par leurs forts & leurs femblables, *de l'idol.*
ou (pour toucher au but) leurs Diables qui *vanit. M.*
veulent contraindre par ce les hommes à les *minu. in*
octa.
adorer, ont procurez au patient, d'autât que
ces efpritz malings peuuent faire mal : mais *26.q.7.*
iamais bien, fi ce n'eft en ceffant d'affliger ce *can.ad-*
qu'ilz tourmentoient au parauant, & pour- *moneant.*
tant proprement ilz ne gueriffent, n'eftant

C ij

cest acte de faueur en la puissance de leur art.
Ainsi est-il des larrecins que leurs dictz Diables ou leurs compaignons a ont persuadé
de faire, lesquelz par consequent ces deuins
peuuent bien quelque-fois par la relation
d'iceux congnoistre, b comme plusieurs autres choses par eux ou autres ia commises
ou commencées sans le sceu ny desdictz deuins, ny de ceux qui les interrogét, en ce pen
dant par telles feintises de quelque commodité apparente qu'ilz promettent aux hommes, plusieurs peu fidelles à Dieu courent a-
pres eux, & les embrassent comme benefi-
ciers : plusieurs contre tout droict, leur de-
mandent ayde & conseil, ne sçachans pas les
pauures miserables, que pour sauuer leur
bonnet ilz perdent la teste, pour l'ayse du
corps ilz donnent leur ame, & pour vn escu
perdu ou desrobé retrouué, ilz se font perte
de ceste precieuse marguerite, pour laquelle
acquerir les spirituelz enfans de Dieu ven-
dent & donnent tout ce qu'ilz ont. Que trop
mieux leur vaudroit d'attendre auecques pa
tience comme Iob & le vieil Tobie, l'ayde
de Dieu mandiée par la faueur de quelques
Sainctz, & par les suffrages de l'Eglise. Car
c'est celuy, dict Isaye, qui met au neant les signes des Deuins, & tourne en furie les con-
iectureurs, renuerçant les sages (par opinió)
san-dessus-dessouz, & rédant folle leur scien
ce. C'est luy qui blesse & qui guerit, qui mor-

tifie & viuifie. Et penfez vous que ne fça-
chent pas bien tout cela ces maudictz Sorciers & Sorcieres, comme tous ceux auffi
qui fe meflent de deuiner, mais ilz font (com
me dict fainct Paul en ce lieu mefme) tant
corrompus d'affection & confcience, qu'il
n'eft de merueilles fi aucun remord ne les
poinct, fi mille fynderefe les efguillonnent,
nulle aduerfité, nulle peine feuere, ou dou-
ce remonftrance les peult induire à repen-
tance, & à faire penitence d'vne infinité de
meurtres infignes, & autres forfaictz qu'ilz
commettent de iour en iour, & qui pis eft
moins encore ont ilz contriction des ames
qu'ilz ont contre toute pieté corrompues,
gaftées & tuées, les confacrant à leurs Diables. Ce que font fur tous quelques fages
femmes ou belles meres, qu'on appelle, Sor
cieres des petitz enfançons, à peine efcloz,
& par elles tirez des entrailles de la mere, ou
bien en frequentant auec les autres par trop
familierement, pour les abreuuer ou foula-
ger de leur mefme art.

I.Reg.2.

*Iacob. Spr.
in Maleo
mal.*

*En quelle forte les Sorciers deffendent fe marier,
ou eft parlé de leur enorme paillardife,
& d'vfer des viandes.*

CHAP. 15.

Indecretal. tit. de frigi. & malef. 133. q.1. Si per sortia- ri.ts.

Porphir.l.2 de animaliū abstin.

Exempl. de Marciō & des Simo- niains.Iren. lib.1. aduer sus hære c.9 & 20.

Io.fr Pic. Mir.lib.4. prenot. c.4. Semble mes mes d'iceux estre enten- dus aucuns denomme- en Isa.34. d & Ierem. 50.f.

Aug.li.15 de ciuit. dei cap.23.

S.Thom. 1. q.51. art.3.

Exemp.5. Brigit.li.6. c.81.Io. Ni der in form. lib.5.cap.9

AV surplus sont ce pas ceux-là mes-mes qui engardent de se marier, & qui le deffendent, non tant de pa-rolle, que par effect, quant auec leurs malefices, ou par morceaux enueni-mez, ou par superstitieuses ligatures & cer-tains autres charmes, ilz procurent vne ie ne sçay quelle inimitié, hayne ou desdain entre le mary & la femme, & font tant qu'ilz ne se peuuent conioindre à la procreation des en-fans, qui est le premier but de mariage? Quāt ilz attirent aussi par leurs breuuages amou-reux, par leurs infectueux regards, & autres infiniz moyés, plusieurs en leur amour char-nel, & plusieurs autres autrement chastes & pudicques qu'ilz accouplēt par vn lien trop libidineux, auec ceux ou celles qui de ce fai-re les ont requis & sollicitez? & quant ou eux le plus souuent, ou autres quelque fois par eux charmez, se contentans d'vne char-nelle cohabitation auec leurs semblables Sorciers & Sorcieres, & mesmes auec leurs Diables Asmodiens, nōmez par les antiques payens Faunes, Syluins, Driades, Naiades, Pans, ou Satyres, & par noz peres de religiō Iucubins, communs presque à toutes Sorcie-res, & Succubins pour les hommes Sorciers soient visibles en forme de corps humains, ou auec quelque corps d'vn mort, meu & a-

Exemp.in vita S.Berna.de muliere dormiente marito.item apud vin. lib.hist.21. c.30.de Merlino.Ioseph.lib.1.Antiq.cap.5.in 6.ca.Gen.

gité par ces Diables (demourans toutesfois
fans vie) ou bien foient inuifibles, par la vio
lence feulement d'vne impreffion & illufion
fantaftique, ne fe fouciét de paruenir au premier ou au fecond lict de mariage, ou d'aué-
ture s'ilz fe marient, ce n'eft que par honte,
par contrainéte quelque fois de leurs parés,
ou par autre neceffité, ou bien pluftoft pour
mieux couurir & affouuir leur def-mefurée
lubrici é. car moins ne s'efforce ce vilain efprit de fornication à faire fauffer la foy de
mariage, qu'à deflorer le blanc liz de virgini
té. Sont ce pas auffi ceux-là qui empefchent
d'vfer des viandes que Dieu nous a creées,
quant ilz les affaulcent d'vne poifon pour
s'en ayder à leurs forcieres entreprifes? Quãt *Vlric.moli-*
par leurs charmes & facrileges inuocations *tor Tract.*
ilz font tomber la grefle, la bruine, ou la té- *de lamiis,*
pefte deffus les grains & fruiétz de la terre? *&c.*
mais principallement quant ilz font perdre
l'appetit à ceux que par leurs forts ilz bour-
rellent? car certes lors les pauures langou-
reux ne peuuent vfer d'aucune viande, com
me n'agueres a efté veue vne ieune Damoy-
felle au pays de Rethelois en tel defgoute-
ment de toutes chofes propres au viure, que
elle a efté l'efpace de plus de quatre moys
fans rien vfer à nourriture, ny feulemét aual-
ler, long temps abandonnée des medecins,
aueugles en fon mal, duquel finallement elle eft expirée en vne extrefme langueur, fei-

che comme bois , maigre plus qu'vn heron,
legere comme vn oyſeau , paſle ainſi qu'vn
drapeau , & plus rechignée que parchemin
qui greſille pres le feu, dont ie laiſſe à penſer
ſi telle fin chetiue eſtoit cauſée du ſort commun de nature pluſtoſt que de l'empoiſon-
nement de quelque vilaine Sorciere.

Qu'il ſemble que Sathan ſoit dechefné & enuoyé
pour ſeduire les meſchans, en punition
des abus.

CHAP. 16.

Elas Chreſtiens & chers François,
voyant ces inſignes & eſtrãges for
faictz mixtionnez de tant d'autres
hereſies, & brouillez auec vne infinité de vices & abus, dont eſt maintenant le
monde enyuré, mais ſur tous pays ceſte Fran
ce qui porte le diuin tiltre de treſchreſtienne
qui ne diroit donc ceſte horrible beſte premiere cy deſſus dicte, ce Dragon, ce Sathan
eſtre deſlié en ceſte arriere ſaiſon, en ce tẽps
cy dernier & miſerable , que plus le monde
va en auant, plus vn chacun ſe precipite au
gouffre de toute impieté ? Ie laiſſe là en arriere les pechez (qu'on dit) de meſnage. Seulement ie demande, où eſt iuſtice maintenãt,
ou ſont les blaſphemes, les vſures, les Simo
nies, les hereſies, les inceſtes & paillardiſes,
les meurtres couſtumiers, les ſacrileges a-

perts, les Sorcelleries punies? Où est le Prince qui viuemēt & pour le seul nom de Dieu,
ou le zele de son antique religion espouse la
cause, & prenne la querelle pour son Dieu &
pour son Eglise? Que sert l'espée pēduë aux
flancs du gentilhōme, s'il ne l'employe d'vn
roide bras pour la tuition de la vertu, & la
deffence de la foy paternelle contre les mu-
tins & rebelles ennemis de Dieu, de l'Eglise,
de pieté & saincteté? Et ou est la grauité, la cō
tinence & honnesteté de l'estat de prestrise?
la fidelité du marchant, la simplicité du La-
boureur, & la pudicité de la femme? mais
qui ne verroit que plus allans noz vices en
augmentant, tant plus aussi les forces de ce
Sathan redoublent dessus nous, & plus de li
berté luy baillons nous comme aux siens, cō
tre nous mesmes? Certes si Dieu, qui est la
mesme bonté, ne nous auoit laissé encore vn
peu de semence, & de la race des gensde bié,
voire de tous Estatz, & de tout sexe, nous au
rions iuste occasion de nous persuader que
voicy le temps duquel sainct Iean a encore _Apoc.c.12_
prophetisé malediction deuoir aduenir sur
la mer, c'est à dire sur ces incōstans pecheurs
principallement Sorciers & heretiques, qui
sont amers, turbulens & tempestatifs, comme les vagues de la mer: & sur la terre, voulant entendre ces gens cy mesmes ou leurs
semblables hommes terrestres, sensuelz, secs
& arides, à faulte de la grace de Dieu.

Malheur à ceux là, dict ce Prophete, pourtãt
qu'en eux le Diable descend auec grande co
lere: mais ce non tant, possible, par presence
personnelle, qu'exerçant dessus eux son malheureux pouuoir, souz lequel estant ainsi
asseruis que pourroient ilz bien faire? Quelle sincerité de vie attendons nous de ceux-là
qui sont poussez & conduictz par vne si ini-
que violence? Voyez aussi comme leurs œu
ures surpassent les bornes de toute pieté, de
raison, d'humanité: ou n'y a iustice, ny mesu
re, n'equité. Depuis que non seulement ilz
ont baillé lieu en soy à vn tel seditieux, tirãt
Origen.ho- mais de propre volonté ont employé leurs
mil. 16. in forces, & fait plus que deuoir de l'inuoquer
numer. & de l'attirer à ces fins par leurs charmes &
horribles admiratiõs? Dieu d'autrepart qui
est iuste vengeur de leurs precedentes impie
3. Reg.c.22. tez & meschantes volontez, mesmes pour
chastier noz fautes, luy baille licence de venir á eux, & de les posseder par sa puissance,
comme autresfois du temps qu'auec tous a-
bus regnoit Achab, & ceste meschãte Royne sorciere Iesabel, il le licencia à sa requeste
de s'éparer des faux Prophetes d'Israel pour
estre esprit de mensonge en leur bouche, &
Isa.cã.10. les deceuoir tous tant qu'ilz estoiét. Au sem
blable en Isaye parlans morallement du Dia
ble souz le nom d'Assur, qui signifie traistre
ou heureux, tel qu'est le diable, nul autre trai
stre ayant esté doué de telle felicité naturelle

que luy, Dieu dict malheur à Assur, qui est la
verge de ma fureur, & mon bastô en la main
duquel est mon indignation. Ie l'enuoyeray
à vne gent trompeuse. Ie luy bailleray charge contre le peuple de ma fureur, à celle fin
qu'il emporte les despouilles, & rauisse la
proye, & le mette à fouler souz les piedz côme la fange des rues. Cela vrayement François, comme iadis a eu lieu par Sennacherib
sur les pecheurs de Iudêe, lesquelz il a rui-
nez, ainsi a il faict sa descharge dessus nous,
quand le Diable est venu pour deceuoir les
trompeurs, Enchanteurs, Sorciers & heretiques, qui sont au beau milieu de nous, ex-
ploictans dessus noz testes la iuste fureur de
nostre Dieu, par noz vanitez trop aigrie &
irritée dont nous ont estez rauis les biens,
la gloire, la vie. & qui plus est les ames d'vn
nombre infiny de noz freres, proye & des-
pouille autrefois faicte par nostre fort Capitaine Iesus-Christ contre le prince des tenebres. C'est, di-ie, dessus nous desbordez &
encharnez à tout vice, entre lesquelz nostre
aduersaire cornu commence mieux que deuant à descocher plus viuement les flesches
de son yre, que sur toute autre natiô, comme
il faict congnoistre par les abominables
faictz de ses propres membres qui sont entre nous, ces Sorciers, faux chrestiens & heretiques, lesquelz comme ayãt vigueur d'vn
mesme esprit de contradiction tant aspre-

Note que
Assur auec
aspiration
signifie noir
cy, ou feu de
liberté, qui
sont Epithe
tes fort con-
uenables au
Diable. Et
est icy enten
du Sênache
rib interpre
té le buisson
de destru-
ction, ou du
glaiue, par
lequel sont
entenduz
les faux iu-
ges & here
tiques selon
sainct Hie-
rosme à la
glose.
Iuxta illud
Luc. 11.

ment nous trauaillent. Et tant plus contre
tous se monstre il maintenãt enflambé, que
moins de temps il scait ou se doute d'auoir à
pouuoir plus nuire aux hommes, & à receuoir son dernier metz par l'arrest du iugement general, alors que, a comme dict le
Prophete, le temps de sa visite sera venu, &
sa gloire embrasée ardra tout ainsi comme
la braise du feu.

Apoc. 12.

2 Isa. 10. d

Comme le Diable est maintenãt lié pour les bons, &
deslié pour les infidelles, speciallement Sor-
ciers & heretiques. En l'abysme de la
malice desquelz il est precipité.

C H A P. 17.

I T ne faict contre ce que disons,
qu'en ce Testamét nouueau re-
gnãt le souuerain Roy des roys
le Diable deuoit estre chassé bié
loing de ses subiects, selõ la pro-
messe faicte par nostre Dieu aux fidelles de
ceste Eglise, quand le Prophete Ioël dict en
ces motz, Dieu a zelé, c'est à dire ardemment
aymé sa terre (qui est l'Eglise) il a pardonné
à son peuple (l'ayãt racheté de son precieux
sang) & luy a dict : Ie vous enuoyeray du
froument, du vin, & de l'huyle (qui est son
precieux corps & son sang souz les especes
de pain & vin, dont l'huyle de sa misericorde

Ioel. cap. 2.

nous decoule) & ne ferez plus en rifée contre les Gentilz (car ilz fe conuertiront) & ie
chafferay bien loin celuy qui eft d'Aquilon,
c'eft à dire, felon l'aduis des plus doctes, le
Diable qui fe vantoit deuoir eftre affis en *Cifa.ca.14*
la montaigne du Teftamēt, au cofté d'Aqui-
lon: mais que nous reprefente Aquilon, finō
vne region froide & feiche? Par ce donc eft
bien prouué & demonftré qu'il habite aux
cœurs refroidis & deftituez de la chaleur du
feu de charité. Auffi s'enfuyt il que noftre
Dieu dict encore par ce mefme Prophete. Ie
le poufferay en vne terre fans chemin, & de-
ferte. Telz font, à vray dire, les cœurs de ceux
qui font vains, fecs & tepides, ou Dieu n'habite point, & charité ardente ne trouue place pour s'y loger, & parce le Diable demeure encore en ceux-là. En laquelle demeure fa
puanteur, c'eft à dire, fes peftiferes tentatiōs,
auec l'infection du confentement à icelles,
doit monter iufques au hault degré de leur
raifon, de forte qu'elle en fera toute infectée a *Aug.in*
& pertroubléc. a C'eft là proprement le lieu *pfal.26.*
mefme ou font les vrayes tenebres fpirituel-
les, defquelles le Diable eft dict le Prince, & *b Apoc 20*
ou il faict fa refidence. b Il eft ce nonobftant
vrayement lié & garrotté par la main de ce
grand & fort Ange de lumiere, Ange du
Teftament noftre fauueur Iefus-Chrift.
De maniere qu'il femble en cefte façon ne
pouuoir plus nuire aux fideles Chreftiens,

& qui ne le iugeroit eſtroictemét enchefné voyant tant de ieunes enfans, & de filles delicates, tant de vicillardz, & femmelettes caducques, le ſuppláter tant en religion qu'autrepart, par leurs vertus, & l'auſterité de leur vie, contemnans les allichemens & vanitez & de la chair & du monde? combien de Martirs, combien de Confeſſeurs, combien de Vierges & chaſtes mariez ou en veuuage luy tiennent ilz le pied ſur la gorge, par vne ſincerité de vie? Combien de preſtres ou exorciſtes le deiectent ilz des corps, ou autres lieux qu'il poſſede, meſmes, & par abſolutió des pechez confeſſez, du plus profond des ames, eſquelles par puiſſance au parauant il reſidoit? c Il n'oſe s'approcher de tous ceux là qui ſont par trop diſſemblables à ſes malignes complexions : mais eſtant reſerré pour ceux-là, il eſt deſlié, & iecté dans l'abiſme du cœur puant, & de l'ame infecte & profonde en malice des tenebreux pecheurs : comme en ſpecial de ceux qui plongez au lac de toute infection mentalle & corporelle exercét obſtinement ce pernicieux eſtat de Sorcellerie, ou malefice, abiſmé de malice ſupreſme, & gouffre le plus ord & vilain, le plus obſcur & profond en toute impieté qu'ó pourroit eſtimer.

c Cyril. Alexan. lib. 4. cótra Iulia.

Petite digreßion ſcauoir ſi le Diable ſe faiƈt public-
quement quelque part adorer, depuis la ve-
nue du Sauueur, & de l'apparence de
vraye religion dont pluſieurs
ſont ſeduiƈtz.

CHAP. 18.

V par deſſus bien eſt amoin-
drie la puiſſance & hauteſſe de
ce prince orgueilleux, lequel e-
ſtoit deux mille ans n'ya pas paſ
ſez, eſleué par tout l'vniuers au
hault degré d'honneur, ſoy faiſant publique
ment adorer és Idoles, par les plus grandz
Princes & Monarques du monde, a. & qui
depuis par Ieſus-Chriſt decheant grande-
ment de ceſte indigne excellence eſt diƈt tõ-
bé en vn abiſme, d'autant que tel honneur
qu'au parauant ne luy eſt plus apertement
rendu és temples ſacrileges & prophanes:ny
les ſacrifices ne luy ſont plus faiƈtz ſolēnelz
comme de couſtume, b quoy ꝗ quelques Au-
theurs(poſſible chatouilleux en ceſt endroit
au faiƈt de la Religion)comme venans & ra
contans nouuelles de loing pays, & pource
penſant eſtre mieux diſpenſez à bourder à
leur ayſe, nous veulent faire accroire qu'encore en quelque partie des Indes comme en
la grande ville de Calicut, il tienne ſon ſiege,
ſouz vne hydeuſe forme, ayãt ſur ſon chef

aRupert.li.
II. cap.20.
cõm.in apo-
cal.

b P. Boai-
ſtuau li.hiſt
piodigioſ.
poſt verto-
nanũ, Paul
venet. Lud.
patri. Rom.
in hiſt. Ind.

cornu vn tyare à trois couronnes, ou il se
faict publicquement adorer, speciallement
dedans vn temple faict en la forme (disent
ilz) de sainct Iean de Latran qui est à Rome, ou chacun court comme aux grādz par-
dons, à tout le moins vne fois l'an. Ce que ie
ne voudrois, toutesfois tant asseurémēt nier
chargeant du tout ces graues Autheurs d'im
posture, que ie ne dise cela se pouuoir faire,
la malice des Indois le requerant, & Dieu le
permettant ainsi à leur punition, & à la prou
ue aussi de la constance des fideles: comme il
a bien long tēps enduré, & quelque fois encore permet il, que ce Diable ayt contrefaict
ses œuures, ses miracles, & vne maniere de
religion ayans quelques traicts semblables
de prime face à la vraye & Apostolique que
tenons: mais plus (ce semble) icelle tirant
au naïf de sa premiere forme, comme est la
masquée Synagogue de noz heretiques: atel
le qu'est aussi en aucunes choses celle des
Turcz, speciallement touchant leur Pasque
& leurs funerailles ou enterrements des
morts. Et telle finallement qu'en plusieurs
endroicts on diroit auoir esté la payenne, de
laquelle s'il semble que retenions quelque
chose, (n'estant ce que simple ceremonie)
il n'est faict pourtant tort à l'integrité de nostre religion, qui en vse à toute autre & trop
meilleure fin, que ces Idolatres, desquelz
nous l'auons retiré, dict sainct Augustin,
com-

a Vide lib.
qui inscrib.
de Geneal.
Turca ma-
gui, &c.
Vide Plu-
tar. de viris
illust. max.
15. vita Nu
ma Pompil.

Augus.

comme de la main d'iniuftes poffeffeurs, lefquels le Diable auoit induit & enfeigné à có
trefaire ce qu'il preuoyoit par le difcours des *Cyprian.*
efcritures deuoir en l'Eglife de Dieu eftre ob
ferué, dót il eft dict pour ces faicts, & par aucuns iuftement appellé le finge de Dieu, lequel tafche par ce moyen à esbranler la foy
des plus fidelles & conftans, & à rendre la
vraye religion douteufe à ceux qui ne l'ont *Niceph.li.*
encore bien embraffée, comme autresfois *2.cap.36.*
auffi il a tant faict par fon difciple premier
Simó Magus, que l'Empereur Neron ne fça
chant auquel croire ou à ceftuy (qui faifoit
de grands fignes & admirables) ou à fainct
Pierre, qui demonftrant la verité, le fecon-
doit ou deuançoit pluftoft par plus grands,
il les a iectez pour vne fois tous deux hors
de Rome, eftimant & l'vn & l'autre pipeurs
de monde & enchanteurs. Nous auons le
femblable, fpeciallement au cas dont il eft
queftion où l'inconftance des volages cerueaux pourra trouuer vne mer fuffifäte pour
nager entre deux eaux, & flotter çà & là, ne
fçachant ou eft l'heureux port de verité, puis
que le Diable (qu'ils ne congnoiffent tel en
ce cas) fe met en pareil degré d'authorité &
demonftrance exterieure, que le fainct Pere
de Rome, s'attribuant mefme prerogatiue
fous femblable apparéce de religion en pre-
eminence que la fienne. Car l'vn & l'autre
(finous croyons aux fufdicts Autheurs) fe

D

disent grands vicaires ou lieutenans de Dieu
pour decider sur terre de toutes causes sur-
uenantes, combien que l'vn en verité, l'autre
en mensonge, & par plus grande presom-
ption. Ce que d'autant moins doit estre admirable à tout bô cerueau, que chacun scait
ce braue outrecuidé auoir estéieété du hault
des Cieux pour auoir attenté le semblable
contre Dieu mesme auquel il vouloit estre
esgal, & rauir le parc du Throsne souuerain,
qui estoit deu à Iesus-Christ, chef premier
de toute l'Eglise. Osera il moins donc faire
cy bas à l'endroiét de son grand vicaire qui
n'est qu'vn pur homme mortel? Ne pouuât
toutesfois plûsieurs discerner ceste ruse, nó
plus que la faulse semblance des autres sus-
diétes religions, est aduenu qu'en telles dou-
tes perilleuses, ilz sont tombez dedans les
rets, non seulement d'vne fort esbranlée &
vacillante opinion d'erreur: mais d'vne ob-
stinée & heretique qui plus est côfirmation
en icelle. Ce qu'entendons desdiétz Turcs
Mahumetistes & Atheistes: & en particulier
de noz Vaudois Sorciers & sorcieres, & de
tous autres heretiques dedans la conscience
obscure desquelz, ainsi que dedans vn cœur
abismé nous soustenós cest esprit de faulse-
té estre logé par le fourrier de leur infidelle
peruersité, & est vrayement pour ceux-là (a-
fin de reprédre le fil de nostre discours.) que
nous disons aussi ce Sathan estre deslié. C'est

Isa. 14.

à ceux-là que plus il peult nuire & les offen
cer. C'eſt ſur les meſmes que plus ſon auda- *Apoc. 2.c.*
ce a d'authorité. Mais plainement il ſera con
tre tous deliuré des cheſnes qui l'enſerrent,
lors & tant de temps que l'Antechriſt tien-
dra ſes grandz iours ſur la terre, qui durera
l'eſpace de trois ans ſeulement & demy, exer
çant ſa plus grande cruauté. Et ce pendant *Epheſ.c.3*
(dict ſainct Paul dés ores il beſongne ſur les
enfans de deffiance & d'infidelité, quelz ſont
noz Sorciers, cóme tous autres heretiques.

Combien eſt dommageable faire accord auec le Dia-
ble (comme font tous Sorciers) ou vſer de ſes ſu-
perſtitions. Et cóme il fault ſe depeſcher d'iceluy.

C H A P.   19.

Ar ce diſcours (peuple Fran-
çois) il vous appert comme ces
Enchanteurs, ces Magiciens, &
tous leurs alliez, ne ſont que les
auant-coureurs, ſuppotz, Mini
ſtres, & predicans d'Antechriſt, pour quelque commodité temporelle qu'ilz reçoiuét
du pere d'iceluy (qui eſt le Diable) au contentement de leur ſenſuelle, ou pour mieux
dire, du tout brutalle concupiſcence & affection. Et pource tant que d'hommes ou
de femmes ſont par eux couſtumierement
attirez en l'ordure de leur vile Confrarie,

D ij

a Io. Frāc.
Picus Mi-
rand.lib.4.
de reru̅ præ-
not.cap.7.
Io. Nider
in form.li.5
cap.3.
Maleus ma
lefic.
Hippolit.
mart. orat.
de consum-
mat.mundi
Apocal.13.
Maleus ma
lef.
Io. Gerson.
To.1. de er-
roribus circ.
Mag. art.3.

pourpaſſer maiſtres en ce magnifique art, & il fault qu'à leur mode ilz facēt hommage ex-preſſe au Diable, chacun à celuy duquel il a vouloir de s'ayder, lequel ilz nomment leur petit maiſtre, & ce par façons tant horribles & execrables, qu'elles ſont ennuyeuſes à re-citer,& odieuſes à l'ouye : quoy qu'il en ſoit receuant en ſoy le caractere du ſeau de l'An-techriſt, qui eſt en abiurant de bouche, & de faict & Dieu & la vierge Marie (laquelle ilz broquardent d'vn certain mot) reniant leur ſainct bapteſme, & deteſtant tout autre ſainct Sacrement. Que s'ilz ne ſont encore de ceſte grande eſcolle, à tout le moins ilz font tacitement alliance & pact implicite, pour vſer du terme des Theologiens, auec iceluy petit maiſtre, & ſemblent ce nonob-ſtant conſentir de faict à ceſte premiere tran ſaction deteſtable, puis qu'en leurs œuures ilz s'aydent des ſignes, caracteres, charmes, & ſuperſtitions dont vſent les autres, par le Diable inuentez, tendant à faire ce que Dieu ne requiert, & nature n'enſeigne. Dont il ad-uient que petit à petit le Diable les attrappe de plus en plus dans ſes lacs, & quelquefois de telle ſorte s'y laiſſent ilz enfiler, qu'ayant preſté comme les autres le ſacrilege ſermēt,

Cyril. Alex.
in Ioan.lib.
9.cap.19.
Maleus ma
lef.

ilz ne s'en peuuent, cóme aucuns voudroiēt bien, puis apres aucunement depeſtrer. De-dans leſquelz filetz tous ceux & celles qui y ſont le plus fort enueloppez, ilz ſont aucu-

nesfois plus de meschancetez qu'ilz ne vou-
droient commettre, forcez à ce par leur mai
ſtre, voire à grands coups de baſtonnades,
comme faict foy leur chair toute meurdrie,
bien ſouuent, & l'ont aucunes ſorcieres con
feſſé au ſupplice. Ainſi le Diable eſt·il entré
en ſaiſine & plaine iouiſſance de telles gens,
en la vertu de leur accord: duquel droict il
ne peult eſtre depoſſedé ny deiecté, ſinõ par
la puiſſance ᵃ de ce plus fort noſtre Seigneur ᵃ *Luc.c.11.*
Ieſus-Chriſt, employée à la deffence de ceux
là ſeulement, qui ſe repentans de tout leur
cœur, luy requierent ayde & pardon, par la
priere & humble ſupplication de quelques
Saincts, ou faicte publiquement à ceſte inté-
tion de l'Egliſe, accompaignée de ieuſnes,
aumoſnes, & autres œuures de pieté. Ce qui
aduient toutesfois bien peu ſouuent, tant
ſont ilz de court tenus, & eſtroictement gar-
rottez par leur bourreau de maiſtre, dont *Heb.cap.6*
eſt en eux vrayement practiqué le dire de
ſaint Paul. Qu'il eſt impoſſible ceux qui ont
eſtez vne fois illuminez, qui ont gouſté le
don celeſte, & ont eſtez faicts participans du
ſainct Eſprit (comme ceux-cy lors qu'ilz e-
ſtoient Chreſtiens qui ont ce pendant gouſté la bonne parolle de Dieu, comme les ver
tus du ſiecle futur, & ſont retombez) eſtre
de rechef renouuellez à penitence, crucifiãs
encore vne fois en ſoy-meſmes le Filz de
Dieu, & l'ayant à meſpris. Qui faict que la fin

de telles gens plus couſtumieremét n'eſt autre choſe que le deſeſpoir.

Pourquoy le Diable ne nuit tant aux grandz par ſes Sorciers qu'au ſimple populaire.

CHAP. 20

Ô Cas eſtranges, ô deſaſtres merueilleus & dignes de treſgrande pitié. Mais ô plus encore miſerables creatures, qui ſeulement pouſſées d'vn vent de vaine gloire, ou de quelque autre practique labile & tranſitoire, ſe baignent au lac de dānatiō eternelle, pour y attirer auec eux ceux qui les croyent & les enſuyuent: ou pour affliger quelque peu de temps en ce monde ceux qui les faſchent, & ſont les plus côtraires à leurs Diables. Et qui eſt-ce qui nous deliurera de leurs ſorts, de leurs poiſons, & de leurs mains traiſtres & cruelles? Empeſchez vous Iuges & Seigneurs de la terre tous ces maux là ſi vous pouuez, car c'eſt à vous à y pouruoir. Ce faiƈt touche voſtre charge & voſtre authorité a puis qu'entre les mortelz vous tenez la place du ſouuerain Iuge & b du Seigneur des Seigneurs. Coupez, trāchez le fil de l'abominable vie à telles gens que congnoiſſez nous, combler & accabler de tant de malheureus deſaſtres, leſquelz plus drus que la greſle tombent ſur nous.

a 2. Paral. 19. Rom. c. 13.

b Apocal. 19

Car d'autant plus qu'ilz croiſſent & multi-
plient au milieu de nous, plus deſſus nous
leur prince leur baille de force & d'authorité, Dieu le permettant ainſi pour le peu de
deuoir que faiſons à repurger l'iuroye toute manifeſte du bon froument, laquelle authorité pour mieux retenir en plaine liberté
& ſans crainċte, plus dextrement ilz ſçauent
briguer la faueur des plus grādz, ou d'eſprit
ou de puiſſance temporelle. De ſorte que ſi
on y prend garde de bien pres, on trouuera
que peu ſouuent ilz s'attraquent à ceux-là,
pour leur faire gouſter les angoiſſeux morceaux d'afflictió corporelle qu'ilz font aual-
ler aux autres de moindre eſtoffe, craignant
ce fin regnard leur maiſtre, trop irriter contr'eux ceux qui ont ou l'induſtrie, ou le pou
uoir par le glaiue iuſticier, d'empeſcher l'a-
uancemét de ſes miniſtres & feaux ſeruiteurs
& de brider tellement leur audace, que tant
de dommage ne ſeroit par eux faiċt aux autres mortelz: aymant mieux ſe cótenter d'au
trepart, dés que telz perſonnages ſont ia aſ- Exemp. des
ſez ſiens, & comme de ſa ligue qui ſeulemét amis du roy
pour crainċte d'eſtre bleçez par ces Sorciers Artaxer.
& Sorcieres, ou par negligence & meſpris, Abd. Ba-
ou pour quelque autre cauſe coulpable, ne byl. apoſto, li
cæ. hiſt. li. 6
oſent entreprendre contre telle maniere de
gens, la querelle & de Dieu & des bons,
moins encores les traiċter par la iuſte rigueur du droiċt, comme ilz meritent.

D iiij

A quoy nous adiouſtons d'abondant que
vrayement ceſont telz,à ſçauoir grands d'e-
ſprit & de puiſſance, que ce ſubtil Demon
pourchaſſe pour auoir, ou propres inſtru-
més de ſa malice, ou pour le moins fauteurs
&ſuppots de ſes cautelles,faiſât par ce moié
ceſt Antechriſt tout au rebours de ſon aduer
ſaire noſtre Seigneur Ieſus-Chriſt, qui a eſ-
leu les plus ignares, ſimples & pauures qui
fuſſent gueres entre les Iuifs pour annoncer
ſa venue, & publier ſon Euangile.

*Supplication aux Seigneurs & Magiſtratz de faire
toſt iuſtice des Sorciers & ſemblables.*

CHAP. 21

Artant ô vous gentilz eſprits, &
vous Iuges & Seigneurs de la
terre, gardez (comme dict l'A-
poſtre) d'eſtre ſurprins par vai-
nes parolles, telles que ſont celles dont vſent ces pipeurs, Sorciers, Magiciens & Noſtradamiſtes,pour leſquelles, ou
ſemblables, l'yre de Dieu eſt deſcendue ſur
les enfans de deffiance, comme nous auons
cy deuant monſtré. Et pource, dict-il,enco-
re ne vueillez eſtre participans auec iceux.
Faictes en pluſtoſt (nous vous ſuppliõs) bõ-
ne iuſtice, & ilz ne s'accoſteront de vous, ilz
ne vous fuyront moins(quelz qu'ilz ſoient)

Epheſ.ca.5

1.Reg.c.28

que ceſte Sorciere ou Pythoniſſe éuitoit la *Rob. Ga-*
preſence du Roy·Saül, qui par Ediĉt public *guin.inlib.*
auoit banny telle vermine hors ſon Royau-
me. Ne permettez que par vne vaine curio- *Aimon.de*
ſité ou chatouilleuſe conuoitiſe de voir ou *geſt. Frãc.*
de ſcauoir par le moyen d'iceux choſes rares *& li.4.c.1*
& à vous admirables, ils ieĉtent leurs ſorts *Exemp. du*
charmeurs ſur voz ia affeĉtionnées fantaſies *1.Paral.10*
pour vous faire ou taire ou diſſimuler leurs *de Pharaon*
crimes abominables. Et ne péſés tirer de tel- *Exod.7.*
le perte aucun plaiſir ou profit qui ne vous *8.9.&c.de*
ſoit ou en apres plus qu'au poix d'or vendu, *Num.22.*
ou dés à preſent en ce monde la totalle ruine *De Ieſabel.*
de tout voſtre heur, de toutes vos bonnes *4.R·g.9.*
fortunes & ſuccés, ou meſmes de voſtre vie, *Ochoz.*
comme il eſt aduenu en fin à tous ceux qui ſe *4:Reg.1.*
ſont aydés de tels moyens en leur vie. Entre *Ariſt.de*
leſquels ie vous produiray ſeulement en paſ- *r:p.Phœcē.*
ſant vne exemple domeſticque du Roy Phi- *& clem.A-*
lippe fils de ſainĉt Loys, lequel s'oublia tant *lex.lib.1.*
que pour ſcauoir l'autheur de la mort de ſon *Iul.l'apoſt.*
fils, il enuoya à vne Sorciere deuinereſſe la *Nice.lī.10*
fin auſſi duquel fut peu d'ans apres ſa mort *cap. 4.de*
haſtée par vne triſteſſe cōceue pour vn grãd *l'Empereur*
deſaſtre à luy & à ſes gens aduenu. Et Dieu *Io.fr.Pic.*
ſçait cōbien pire en eſt prins à ceſte malheu- *Mirand.li.*
reuſe Royne Brunichilde, qui elle meſme ſe *4.c. 8.plu-*
meſloit de ce meſtier là. A tout le moins Meſ- *Minuc.in*
ſieurs, rompés l'occaſion au vulgaire ſoup- *oĉanie.*
çonneux de brouiller leurs cerueaux de ceſte
folle perſuaſion, qu'à faute de punir ces meſ-

chans enioleurs , vous ayez part à leurs def-
fins , ou que foyez corrompus par prefens,
ou bien charmez & enchantez par leur cau-
telle: qui feroit vn argument plus euidêt de
quelques couuertes offences par vous com-
mifes enuers Dieu : veu que les gens de bien
(fi ce n'eft) peu fouuent, pour leur probation
& accroiffance de leur gloire, ou autre gran
de caufe à Dieu feul congnue (n'en peuuent
eftre empefchez, en l'executiô de iuftice. Or
congnoiffez vous le mal qui tant molefte
voz fubiectz : apportez y donc le remede,
vous dif ie) aufquelz comme pour fouuerai
ne medecine, Dieu a baillé le glaiue de iuftice pour detrancher le membre pourry du
corps de voz Republicques & Seigneuries.

Rom. 13.

Gardez bien d'attédre plus, à ce que la playe
ne vienne à fe rengreger de telle forte qu'elle

Ouid. de
remed. a-
mor.

corrompe les autres membres, eftâs memoratifs du dire du Poete : Remedie au commencement, & n'attends pas plus longue-
mét, car tardiue eft la medecine, au mal prochain de la ruine.

Les argumens & coniectures par lefquelz on con-
gnoift les Sorciers & deuins, Magiciês, &c. côtre
lefquelz on doit vfer de toute rigueur de iuftice.
C H A P. 22.

Ais bon Dieu que fert auffi le dila yer
en faict qui eft tant clair & fi vrgent?
Cherchez vous des accufateurs, eux

mefmes bien fouuët fe viennent brufler à la
chandelle: car Dieu le veult ainfi, qu'ilz foiët
quelquesfois les proditeurs de leur propre
iniquité quand elle eft meure, afin qu'ilz en
reçoiuent la punition, pour eftre exéple aux
autres. Et qui feroit auffi autrement celuy tât
prodigue de fon bié, acquis à la fueur de fon
corps, lequel ofaft fe faire partie en court
côtre telles gens, qui ont mille rufes à efcha-
per, pour y confommer la plufpart de fa pro
pre fubftance, ou fans rien faire en fin, puis
qu'eft maintenant ou fourde ou endormie
dame Iuftice en plufieurs fieges? Voudriez
vous preuue plus pertinéte pour les côuain-
cre que leurs parolles venteufes, & leur pro- 15.q.3. can.
pre confeffion? Que fi tel refmoignage faiĉt sane.
contre foy mefmes de propre volonté, n'eft
receuable en droiĉt quand il y va de la vie! A
tout le moins ne contemnez le iugement du
commun bruit. Ioignez à ce les maladies des
pauuresgens qu'ilz detiennent en langueur,
en la perte euidéte du beftial qu'ilz font mou
rir tout en vn coup à vn ou plufieurspauures
mefnages. Côfiderez quelle eft leur vie, leur
côtenâce, leurs yeux troublez & cauez en la
tefte, la veuë ce neâtmoins afpre & aiguë, &
la deformité de leur face hideufe, leur trifte
maintié, & toutesfois leur ioye par fois trop
effrenée, leurs gaberies & facetieux deuis,
leurs propos diffolus, leur hardieffe effrôtée

& leur fureur auec menaces, ou leur couuer
te flaterie. Telles choſes ce m'eſt aduis, bien
eſpluchées, & rapportées enſemble, font teſ
moignage preſque aſſés ſuffiſant de leurs cri
mes. a Et bien que la loy ſemble touſiours fa
uoriſer à celuy qui eſt accuſé, & preſuppoſé
coulpable: b ores que tout droict ſoit plus
enclin à abſoudre qu'à condamner. Si eſt-ce
que ce faict dont eſt la cauſe preſente, eſt tant
abominable, tãt aigre & odieux à tout cœur
ſain & fidelle, qu'il ne merite iouyr de la dou
ceur de la loy , pour la grauité duquel pluſieurs étachés d'icelle c ſont deiectés de leurs
priuileges, & condamnés à la mort eux eſtãs
conuaincus . Moins encore doit il auoir de
ſupport qu'vn crime le plus grand qui ſoit
de leſe maieſté. Car ceſtuy eſt vn expres atté-
té , non ſeulement contre les Roys & leurs
ſubiects fideles: mais qui plus eſt contre le
Roy des Roys, le Createur de tout le monde
& contre le ſainct peuple de Dieu . Lequel
tant plus qu'il croiſt plus il apporte de dommage, & plus on luy faict de faueur: moins il
decroiſt, moins il prend fin: & moins les Autheurs d'iceluy s'en repentent ils , ou s'en a-
mendent.

Qu'ilʒ doiuent eſtre executeʒ à mort ſelon toute loy,
& pour obuier à pluſieurs maux qu'autrement
ilʒ feroient, ou que Dieu pour ce nous enuoyera.
CHAP. 23.

OR fus doncques meſſieurs, attédés
vous qu'ils lient vos femmes d'vn
nœud charmé,& les detiennent par
leurs ſorts, ſans vous pouuoir engendrer de
beaux enfans, heritiers de vos biens, vos viues images & ſemblances? Ou bien qu'elles
ſoient par ce contrainctes (leur permettant
la loy) de ſe pouruoir autre part, vous demeurans par tels ſorts couards au faict de
mariage? Attendés vous qu'ils tuent vos enfançós à peine du ventre de leur mere eſclos
& mis ſur terre?Differés vous à ce qu'ils em-
poiſonnent voſtre máger ou breuuage, que
ils facent tomber la greſle deſſus vos fruicts
& foudroyent vos Chaſteaux, qu'ils amei-
nent la mort à vos troupeaux,qu'ils courbét
le dos à vos ſeruiteurs ou ſeruantes d'vne infinité de tortions angoiſſeuſes, & detiennét
en dure langueur vos pauures fermiers & la
boureurs,ou qu'eux meſmes,poſſible,eſtans
imbués de leur malice, braſſent contre vous
leurs maiſtres en leur fureur,milles ſorcelle-
ries & poiſons? mais qui pis eſt, permettrés
vous plus long temps qu'ils ſeduiſent les a-
mes d'vne infinité de curieux de ce temps cy
trop hardis à cognoiſtre ce qui n'apporte q̃
malencontre à l'homme. Quoy? les deffiés
vous au combat.Tardés vous à ce qu'ils ayét
les armes au poing, & qu'ils facent regner
leur Antechriſt à coups de piſtolles, ou que
ils remettent ſus l'antique idolatrie, ia de-

Cap.vlt. tuncta gloſ. de frig.& maleſitiſ de cretal.

chaſſée de ceſte region par le ſang eſpandu
non des tyrans ou heretiques meurtriers:
mais de noz patiens ſainctz peres & ance-
ſtres, les victorieus martyrs? Or ſoit ainſi
que pour vn temps nous euitions la felon-
nie de leurs cruelles mains : quãd bien meſmes nous aurions ayde d'iceux en pluſieurs
de noz negoces, ou quelque paſſe-temps au
contentement de l'eſprit : eſtimons nous
qu'il nous ſoit moins cher vẽdu a qu'aux E-
giptiens, b qu'aux Babyloniens, & qu'aux
Royaumes des Moabites, Amalechites, Ca-
nanéés, & autres leurs voiſins, leſquelz Dieu
a raſé de la terre, ſpeciallement pour ces vices là? mais ne cherchons tant d'eſchappa-
toires: La loy ciuile veult leur mort corporelle, les ſainctz Canons, à ce qu'ilz ſe ſoient
amendez, ordonnent leur mort ſpirituelle,
& Dieu commande l'vne & l'autre contre
eux meſmes, à ce que ſoient exterminez &
du Ciel & de la terre la race des malfaicteurs
tant peruers, l'vn & l'autre ne pouuant plus
les ſouſtenir. Leur vice auſſi le requiert, la
neceſſité nous y preſſe : les temps perilleux
nous y excitent : & nature abhorrente leurs
prodigieus effectz, pouſſe les cœurs des fidelles à requerir ceux-là eſtre maſſacrez, qui
corrompent ce qu'elle nous a legitimement
produit, & qui deſtruiſent du tout ſon ordre
& fruſtrent ſon pouuoir. O vrayement nous
encircez nous (diſ-ie) enſorcelez & abrutis

a Iſa ca.19.

b Iſa.c.47.

Deut. c.18

L. Nemo. l.
multi & a-
lii. c. de ma
leſ. & Ma-
them.
26. q.ca. Si
quis et can.
Sortes.
Exod. l22.
Leuit.19.
& 20.

plus que les compaignons d'Vlyſſe, ſi nous
ne congnoiſſons cela, & ſi n'executons ceſte
iuſtice, à quoy Dieu, nature, raiſon, la loy, &
la neceſſité nous induiſent. Car nous apper-
ceuons à œil ouuert que ſi ou la pitié indiſ-
crette ou la negligence & meſpris, ou la
trop dure incredulité pouſſe plus auant les
cœurs de ceux qui ont charge & authorité
ſur quelque prouince de ce Royaume que
ce ſoit, à eſpargner la vie de ces malheureuſes creatures qui tant irritent noſtre Dieu:
la fin de ceſte pauure France ne ſera autre,
qu'a eſté celle quelques fois du Royaume
Iſraëlitique, ᵃquand vn ſeul Roy iouant à la
deſeſperadealla conſulter vne maudicte Pythoniſſe pour le ſuccés de ſes affaires: ᵇ ou
quant vne meſchante Royne maleficiere
banda ſi bien les yeux de la raiſon du Roy
Achab, de toute ſa court, & de ſon peuple,
que tous preſque furent reduictz à ſes façons de faire: dont il en print treſmal, non
ſeulement à ſa maiſon : mais auſſi à tout le
Royaume: comme auſſi du temps de ce fau
teur de Sorciers, Deuins & Pythons, Ma-
naſſes. Combien ſeroit donc meilleur exterminer telles gens de deſſus la terre, & eſtain-
dre la memoire d'iceux, que d'attendre vn ſi
grand deſaſtre & calamité.

ᵃ 2. Para-
lip. 10.
ᵇ4. Reg. 9.
3. Reg. 16.
& 18. colli
gitur etiã ex
4. Reg. 17.

Que nous sommes pires que les payens si ne repurgeôs
le Royaume, & bien tost de ceste peste.

CHAP. 24,

ALlons à l'escolle, ie vous prie,
des payens, & apprenons la bel
le leçon qu'ils nous en font,
a quand par leurs loix des dou-
ze tables ils ont condamné à
mort telle canaille, qui maleficioiét les bleds
& autres fruicts de la terre, & qui vsoient en
plusieurs choses de mauuais charmes. Cer-
tainement ie ne peux nier que les anciés Ro
mains n'ayent esté grāds idolatres. Car quel
genre de superstition pourroit on nommer
qu'ils n'ayent tenu, comme escript ce docte
Varro, pour sacrée religion? Si n'ont ils toutesfois iamais permis en public exercice ceste execrable que nous appellôs Magie, ains
l'ont dechassée comme portenteuse, c'est à
dire significatiue de quelque malencontre,
retenans seulement certains sors pour deuiner. Et les Genethliaciens, ou selon le mot
qui court, Mathematiciens & Astronomes
iudiciaires n'estoient pas les bien venus en-
tr'eux, puis qu'ils les priuoient non seulemét
de leur ville: mais exiloient aussi de toute l'I
talie. Ce que depuis plusieurs Empereurs
ont faict garder estroictement, en recher-
chant de toutes parts tous Enchanteurs &
male-

a Plin. l. 28

Seruius in
4. virg.
Tertul. lib.
de Idol. Au-
gust. lib. 2.
de doct. chri
stia.

maleficiers pour les amener au fupplice: entre autre celuy qui deputa à ces fins Corne-
lien le Centenier qui bailla la chaffe à ce grãd
maiftre Simon le Magicien: mais Conftãtin
ce grand Empereur a faict encore dauantage quand il s'eft attaqué contre les Aftrolo-
giens, les bafteleurs auffi, & mommeurs ou
farçeurs, contre lefquelz mefmes comme
corrupteurs des mœurs & de pudicité, l'Em
pereur Henry troifiefme, l'an mil quarante
fept, s'eft monftré vertueux, & comme leur
capital ennemy les dechaffant tous de fa
court. Saul premier Roy de Iudée en fit autant des Magiciens, des Sorcieres & Pytho-
niffes de fa terre, auant qu'il fut reprouué.
a Darius a eu la gloire d'auoir deftruict l'Em
pire des Magiciens, eftant faict Roy des Per
fes. b Platon le diuin Philofophe a decreté
fentence de mort aux empoifonneurs, aux
lieurs d'eguillette, & enchanteurs nuifibles.
Serõs nous pires que ceux-là, nous qui por-
tons le tiltre & le nom de Chreftiens ? De-
chaffons donc ces arts monftrueufes arriere
de nous, & foient punis griefuement ceux
qui s'en meflent, fi ne voulons arroufer no-
ftredicte gloire chreftienne, d'vne tache tant
vilaine, que les mefmes vilains & infames
idolatres en plufieurs lieux, l'ont euë à con-
trecœur. Ne foit affez pour noftre regard q̃
par l'authorité du fainct Concile dernier de
Trente, ces arts & leurs autheurs foient re-

Clem. li. 10
tecogn.

Io. Fran.
Pic. lib. 4.
pronunc.
cap. 7.

Mater Cro
nica.
1. Reg. 28.

a Clem. A-
lex. lib. 1.
ftrom. poft
Herodot.
b Plato lib.
11. de legib.

Iud. lib pro
hib. reg. 9.

E

prouuez, comme la lecture de leurs liures:
mais maintenons auec ce cefte faincte ordó-
náce, & toutes féblables en fleur & vigueur,
par le bras fort de la iuftice feculiere, qui felon l'imperfection grande qui eft aux hommes, baille plus de terreur & craincte aux
mefchans, que toutes autres menaces d'vne
eternelle damnation. Car autremét peu font
efmeuz plufieurs mefcreans à ne point offen
cer Dieu en faifant le contraire de ce qui eft
deffendu. Que s'il n'y a autre remede à ce ma
lheur : mieux il vaudroit en verité (fi le per-
mettoit l'authorité du prince) faire d'iceux
vne belle Magophonie, comme nous lifons
le fufdict Roy Darius auoïr inftituée, c'eft à
dire vn iour celebré & feftoyé, auquel furent mis à mort tous les Magiciens, Sorciers
& Enchanteurs de fa patrie, lefquelz bri-
guoient l'Empire.

*Agathiæ Mi-
rinci. hift.
lib. 2.*

*Qu'il faudroit, & bien toft cómettre des inquifiteurs
de foy pour en faire recherche, & punition.*
C H A P.   25.

R toft ou tard fi faudra il paffer
par là, qu'en cefte France foient e-
ftablis certains inquifiteurs de telles gés pour en faire la iuftice qui
voudra en perdre la femêce de ce Royaume,
ainfi comme on a faict autresfois és pays de
Allemaigne, dont ilz fe font fort bien trou-

uez. Car à ce nous côtraignent pluſieurs Du
chez & contrées ia infectées de ceſte croupiſ
ſante peſte , & ia par trop fort eſchauffée de
ce feu infernal , lequel tacitement rampant
par les deſtroicts du pays Rethelois , Sauoï
ſien, Auuergnois, Poicteuin, Rhodelois, de
Limoge, Loraine, Languedoc, Prouêce, Gaſ
congne, & preſque par tout autre part, ſçau-
ra mieux embraſer toute la France , que l'e-
ſtincelle Arriéne tout le pays d'Orient: flã-
beau qui a duré plus de trois cens ans pour
ne l'auoir eſtainct tout promptement auec
le ſang tant ſeulement de deux ou trois here
tiques boutefeux, & premiers autheurs de
ceſte conflagration : exemple qui me faict
ſouuenir du bon Roy ſainct Loys (la gloire
de noſtre France) lequel entre autres diuins
enſeignemens qu'il laiſſa à ſon filz & ſuccef-
ſeur Philippes, trouuez depuis par eſcript en
la librairie du Roy Charles le quint, il l'ad-
monneſtoit en ces termes. Les execrables iu
remens prohiberas : des nouuelles ſectes &
hereſies la teſte, il fault entendre trancheras
ou briſeras, comme s'il l'euſt aduerty que ſi
plus long temps il laiſſoit viure les premiers
autheurs de telles nouueautez qu'à peine a-
pres les pourroit il ſuruaincre & diſſiper, nõ
plus que leurs pernicieuſes ſectes, ce qui eſt
foit à craindre de ceux-cy entre tous, car ilz
ne ſont moindres en ruſes, en fineſſes , &
en puiſſance par leur art que tous autres he-

F. Rob. Gã guin. lib. 7.

E ij

retiques.Mais auōs nous enſepuely aux ob-
ſcures cauernes d'oubliance qu'elle a eſté &
combien foible tout au commencement la
petite poignée des Apoſtats noz derniers,&
encore mutinans aduerſaires : & comme ilz
ſont accreuz par les trop grandes facilitez,
ou conniuéces de ceux auſquelz il touchoit
de les exterminer ? Ignorons nous comme
en peu de temps ilz ont rompu & renuerſé
tout ordre de iuſtice,meſpriſé toute puiſſance , & rauagé entierement noſtre France?
C'eſt vn exemple, c'eſt vn faiĉt ou vn cas aſſez recent,peuple François,&qui nous cou-
ſte. bon.Partāt il fault en tirer quelque fruit,
qui ſera quant nous nous en ſeruirōs en cas
d'vne tant poignāte neceſſité qu'eſt ceſte af-
faire nouuelle. Monſtrons donc à tout le
moins que ſommes faiĉts ſages à noz pro-
presdeſpens.Tirons de ce grand mal,ſi nous
voulons vn treſgrand bien, & faiſons(comme diĉt l'ancien prouerbe) de neceſſité ver-
tu.Ce ſera,peuple de France,lors que recher
chant diligemment, & chaſtiant virilement
tous ceux & celles qui nous veulent dogma
tiſer & catechiſer en nouuelles arts, n'agueres, pour ce pays, deſgorgées du profond
des enfers, leſquelles ſouz pretexte de nous
apporter quelque profit ou plaiſir temporel, elles nous font tresbucher à touſiours,
au meſme gouffre dont elles ſont venues &
deſgorgées.

Par l'exemple du passé instruictz, nous deuons em-
pescher que les Sorciers & Magiciens ne s'esleuēt
contre le Royaume.

C H A P. 26.

VE si l'exemple domestique, tiré
de noz propres perilz, & de noz
encores ensanglantez malheurs
ne nous esmeut à resistance, & ne
nous induit à iouer au plus seur : allons aux
Allemans (peuple farcy de ceste peste) de là
passons en Angleterre, és Escosses & en Hy-
bernie, pour voir si les grādes trauerses que
endurēt noz proches voisins ne nous époin-
çonneront point dauātage à auoir quelque
pitié & compassion de nous mesmes. Et re-
marquons ie vous supplie, en iceux comme
vne teste ou deux, tel qu'estoit Iean Hus &
Vviclef, ou vn Martin Luther (la mort subi
te desquelz estoit le salut de la tierce part du
monde) ont par succession de temps prins
tel aduancement dessus tous, qu'ilz ont olé
prester le bras fort au cōbat contre les Roys
& trespuissans Empereurs (tel qu'estoit ce
magnanime Charles le quint) apres auoir
suborné & attiré quelque esuenté condu-
cteur de leur mutine armée. Et pour ne sortir hors le propos de ceux dōt il est question:
Auons nous pas l'histoire d'vn certain Ma- *Ioseph.li.2.*
gicien d'Egypte, & pseudoprophete (vices *de bello iud.*

E iij

souuent accouplez) lequel seduit, & mit en campaigne trente mille hommes armez contre les Romains. Comment, ie vous demande, c'est faict Roy de Perse ce tát fameux Artaxerxes, qui premier a baillé gloire en ce pays au nom tant detestable de Magicien, ores qu'il fut yssu de basse condition, sinon au moyen plus de cest art de Magie, que par ses armes & prouesses belliqueuses. Et comment s'est-il depuis comporté marchant en guerre, sinon accompaigné de telles gens ramassez ? Autant en trouuons nous d'vn paure berger nómé Giges, qui par ses enchantemens fit tát qu'il iouyt de la Royne de Lydie occit le Roy son mary, & regna apres luy: & qui a (pensez vous) baillé aux Magiciens de Perse le gouuernemét de l'Empire par si lóg temps, sinon la tyrannie de cest art ? moins n'est à craindre (François) que si les nostres de ce temps auoient quelque chef, ou s'ilz estoient autát d'hommes virilz & de marque, qu'ilz sont de sottes femmelettes & rustaux bergerós, que bien tost ou par armes ou par charmes (comme les Huns ont faict au Roy de France Sigisbert) ilz nous fissent ressentir combien est dommageable de dilayer, ou faire surseoir le remede present à vn grád mal ia aduaucé, & qu'ilz augmenteront dauantage, si par le cours d'vn long temps ilz prennét plus d'accroissance entre nous qu'il n'ont faict iusques à ceste heure, & de ce soit

Hist. Aga thiæ mirrinei.lib.2.

Cic.offic.li. 3.post plat.

Abd. Babyl.hist.apo stols.lib.6.

Greg.Turó lib.4.c.26

Procop.lib. 1.de bello Persico.

exemple ce Roy de Perſe nommé Blaſes, lequel tenãt en ſa puiſſance ſon aduerſaire Cabades, ne tint conte du bon aduis que ſon
grand Preuoſt luy bailloit, quand voyãt tout
le conſeil du Roy bien empeſché en la reſo-
lution de la mort ou la vie dudiĉt Cabadès,
monſtrant ſon couſtelas deſgainé, il diĉt deuant toute l'aſſiſtance, voicy qui eſt fort propre à executer le preſent negoce, tout maintenant, que vingt mille hommes armez ne
pourront pas cy apres tant bien parfaire. Il
ne fut creu, & voyla mon Cabades eſchappé
qui accõplit de poinĉt en poinĉt la derniere
periode de ceſte prophetie, rentrant viĉto-
rieux à la principauté de ce Royaume. Tous
ces exemples (à mon aduis) nous deuroient
ilz pas faire ſages, & tenir ſur noz guettes, à
ce que ne ſoyõs ſurprins de ces traiſtres noz
ennemis, ſoldats de l'ancienne bande de noſtre aduerſaire l'Antechriſt. Beaucoup ilz ſõt
à redouter, & ſemble que luy il les ramaſſe
pour nous liurer nouuel aſſault, car c'eſt ain
ſi qu'il doit s'aduancer ſur tout le monde, &
nous ſurprendre, tantoſt faiſant le ſommeil- *Matt. 24.*
lant, vſant d'vn long ſilence, tãtoſt par ſignes
prodigieus, tantoſt par armes & cruauté, tan
toſt par enſorcellement, & quelque fois par
corruption de benefices & preſens.

Fault empefcher que les heretiques defefperez fe ioi-
gnent auec les Sorciers. Ce qui pourroit aduenir
pour les grands abus qui font en France.

CHAP. 27

A nous auons reſſenty combien
ſont durs à ſouſtenir les furieus
aſſauts de ſes cruelles troupes armées: mais par la force & pruden-
ce infinie de noſtre vaillant colonel Ieſus-
Chriſt, encore à beaucoup pres n'a il pas tāt
deſſus nous gaigné, que trop legerement il
perſuadoit à ſes volages cerueaux: dont for-
cenez ceux qui pouſſez d'ambition ſe ſont
rengez ſouz ſa banniere à ces troubles derniers, que leur reſte il (voyant qu'ilz ſont fru-
ſtrez de leurs attentes, & ores ne ſçachans
plus à quel ſainct ſe vouer, tant ſont ilz va-
riables, ſinon qu'ilz paſſent le guichet pour
entrer plus auant en l'Atheiſme ou ia ilz ſont
fourrez: b ou bien que ſelon le refrain de la
balade des anciens heretiques, ilz portét au
Diable leurs chandelles & offrandes par la
practique de ces nouuelles arts, & que plus
fort & appertement que iamais ilz ſe conſa-
crent à luy pour mettre à chef ce qu'ilz ont
trop auant imprimé dedans le creux de leurs
ſottes ceruelles: ou bien que pour le moins
ilz ſe ioignent à ces Sorciers & Enchanteurs
ou ceux cy auec eux, comme firent iadis lēs

b *Tert. lib.*
de præſcrip.
aduerſ. hæ-
reſ. cap. 17.
lib. 2. de ant
m. c. 57. et
de Gnoſticis
cap. 24.
Iren. lib. 1.
aduerſ. hær.
cap. 9. 20.
& 23.
Theod. Fit.
lib. 1. hæret.
fabul.
Iuſtin. Apo-
log. 2. de Me
nandro.
Niceph. Ec-
cleſ. hiſt. li.
8. cap. 36.

Magiciens de Perſe, auec quelques meſchás
Iuifz pour mettre en feu les ſacrez Temples
des Chreſtiens. Ainſi, peuple François, ainſi
veult l'Antechriſt ſe camper pres noz tentes
Gauloiſes, pour comméncer par nous à mat-
ter toute la terre : afin qu'eſtant ce noble &
iadis treſilluſtre pays ſurmonté, & du tout
briſé, mieux il esbrále les autres Royaumes,
& plus ſoit ſon furieux nom redouté par to°
endroictz. Car il congnoiſt bien qu'au beau
milieu de nous il a grand nombre de ſes ſoldats, & de ſemblables à ceux dont nous par-
lons, leſquelz nous blandiſſant en front, luy
fauoriſent meſmes aſſez apertement, les vns
par ambition affectée: les autres par ſimonie
& inſatiable auarice: quelques vns par pail-
lardiſe, ou par blaſphemes exorbitans, aucuns & preſque la pluſpart par grandes diſ-
ſolutions d'eſtatz, d'habits, & de viáde, meſmement par telle impudence qu'ilz tiennent
à grande nobleſſe & generoſité, vaquer du
tout & faire cas de ces vices, reputans fols,
ſtupides, ou idiots ceux qui ſe comportent
au contraire de leurs iniquesfaçons. Au par-
deſſus il ſçait auſſi ce cauteleux renard, que
dame curioſité (principalle guerriere con-
tre la vertu rationelle) faict reſidence entre b <i>Guill. pa-</i>
les Fráçois, & meinet cà & là auec legereté <i>riſ lib. de</i>
le premier brále de toute corruptele, leſquel <i>Tent. & re</i>
les enſemble mettátleur nez par tout, ſe laiſ- <i>ſiſt.</i>
ſent ſurprédre ayſément à tous laqs de dece- <i>Cæſar in</i>
commenta.

ption,& s'enuollât à tout vent de nouueauté és regions estrangeres, elles ne rapportent
que toute vanité. Puis ainsi esuentees se ga-
bent & raillent des choses diuines, celestes,
eternelles & sacrées, faisant comme vn ieu
ou farce du faict de la religion, ainsi que s'ilz
estoient du nombre de ceux a que le Sage dit
n'auoir autre opinion de la vie sinon qu'elle
est vn ieu, & icelle encore du tout pour vac-
quer au gain & au profit temporel, soit par
droict, soit par rapine, ou soit par fraude.

a Sapien.ca.
15.

Priere concluant à ce qu'il plaise à Dieu de diuertir
ces malheurs, auec aduertissement de ce qui ad-
uiendra aux Sorciers, & à ceux qui n'en font pu-
nition, s'ilz ne s'amendent.

C H A P. 28

O Dieu doux, pitoyable & clement,
vous qui voyez d'vn clin d'œil tous
ces maux là, & les malheurs qui en-
suyuent vegeurs pour vostre máiesté de noz
pechez trop frequens & enormes, ayez pitié
de nous voz pauures seruiteurs, voz creatures, voz enfans rachetez du precieux sang de
vostre cher Filz & vnique. Plaise à vostre bô-
té destourner de noz testes tous ces malheureus encombriers, & les malencontreus de-
stins que preuoyós deuoir encore plus grãds
plouuoir dessus vostre iadis fidelle & tres-

chreſtienne France. Faictes Seigneur que
nous ia tous attenuez par la rigueur de voz
peſans fleaux, & tous froiſſez des roides
coups de voſtre main iuſticiere, n'en ſoyons
plus endurcis en noſtre mal, ou n'en demou
rions rebelles, obſtinés & incorrigibles, ain
ſi que firent iadis les Egyptiens, les Babilo-
niens, & vos enfans meſmes Iſraëlites, afin
que ne venions à eſtre plongés (comme ces
premiers) dedans la mer rouge, non aquati-
que, mais du pur ſang coulant des playes
de nos freres, ou eux pluſtoſt dedans le noſtre, & que ne ſoyons faicts comme ces autres, le meſpris, la fable & la riſée à tous nos
ennemis. Et vous cruels pipeurs & enioleurs du monde, qui maiſtriſés, ſans qu'on
s'en garde, le peuple de Dieu, enfans de ſon
Egliſe par traiſtres & cauteleuſes façons:
vous vous vantés qu'aués faict alliance a- *Iſa.cap.28.*
uec la mort, & paction auec enfer: de ſorte
(dictes vous) que le fleau de Dieu paſſant,
ne tombera ſur vos eſpaules, à cauſe qu'a-
ués mis le menſonge voſtre eſperance, & e-
ſtes armés d'iceluy.

Oyés que dict contre vous autres noſtre
Dieu par ſon Prophete: La greſle, dict-il,
c'eſt à dire l'abondance des maux à aduenir,
renuerſera voſtre eſpoir que vous aués ſur
le menſonge, & toute voſtre ſauuegarde,
qui ne ſont autres, à mon aduis, que

a *Io.en.8.* voſtre maiſtre, apere de menſonge, voz ſorts
& preſtiges abuſifz, & voz cruels maleſices
ſur leſquelz vous vous affiez. Or n'eſt-ce là
toute voſtre peine, car il ſenſuyt: les eaues
de tribulation ſe desborderont, & voſtre accord ſera effacé: voſtre paƈt auec la mort ne
aura plus lieu aumoins pour nuire aux autres. Quand le fleau ſurgiſſant outrepaſſera,
vo' ſerez en meſpris: en quelque ſaiſon qu'il
outrepaſſe, alors il vous raſera. Car il paſſra
par tout au matin, au poinƈt du iour, de nuit
& en plain iour: qui eſt à dire qu'il vous af-
fligera ſans repos, & lors (diƈt il encore) la
ſeule affliction vous ouurira l'entendement
mais las! bien tard pour vous, pour croire
ce que maintenant vous oyez. Alors auſſi ô

a 2. *Paral.* vous Iuges, a Lieutenás deſſus terre de celuy
19. que requerons nous eſtre en ayde, & nous
faire mercy, ſi par voz negligences, inaduer-
tences & meſpris, noz tant cruels aduerſaires ont plus grand pied & force deſſus nous:
appreſtez vous hardiment de ſouſtenir les
premiers dards de ſa vengereſſe fureur, ia é-
lancée ſur nous tous: mais plus encore ſur
les plus grands & puiſſans qui ont plus fortes eſpaules, & vn conte plus long à rendre
deuant ſa terrible maieſté, que n'a le ſimple

a *Sapien.6.* populaire. Car ce ſont telz, a dit le Sage, qui
ſouſtiendront les plus grands tourmens, à
cauſe de leurs mal faiƈts. Ce que prions toutesfois, & de bon cœur, ſa ſinguliere clemen

ce & treſſouueraine bonté, vouloir diuertir,
& de vous noz chefs treshonnorables, & de
nous autres voz humbles ſubiects & membres ia fort attenuez, & de nous tous enſemble quiſommes tous pauures ouailles de
ſon troupeau, tainctes en larmes dedans le
pourpre vermeil du precieux ſang de ſon
treſaymé Filz noſtre bon & ſouuerain
maiſtre & Seigneur Ieſus-
Chriſt.

Ainſi ſoit il.

neur la mort à vos troupeaux, qu'ils courbēt
le dos à vos ſeruiteurs ou feruantes d'vne infinité de tortions angoiſſeuſes, & detiennēt
en dure langueur vos pauures fermiers & la
bourcurs, ou qu'eux meſmes, poſſible, eſtans
imbuës de leur malice, braſſent contre vous
leurs maiſtres en leur fureur, mille ſorcelle-
ries & poiſons? mais qui pis eſt, permettries
vous plus long temps qu'ils ſeduiſent les a-
mes d'vne infinité de curieux de ce temps cy
trop hardis à cognoiſtre ce qui n'apporte q̃
malencontre à l'homme. Quoy? les deffiés
vous au combat, Tardés vous à ce qu'ils ayēt
les armes au poing, & qu'ils faccnt regner
leur Antechriſt à coups de piſtolles, ou que
ils remettent ſus l'antique idolatrie, ia de-

Les articles & poinctz concernants le faict de Ma-
gie ou Sorcellerie , condamnez par la faculté de
Theologie à Paris, l'an 1398. Auec l'Epistre ou
Preface à ceste censure faicte par M. Iean Gerson,
Chancelier de l'Eglise de Paris, & toute ladicte
Faculté, le tout trouué au premier volume des œu-
ures dudict Gerson, en la fin du Traicté intitulé
Des erreurs qui se commettent en la Magie,& icy
mis en François pour l'vtilité du vulgaire.

A T o v s zelateurs de la saine foy
le Chãcelier de l'Eglise de Paris, & la faculté de Theologie,
en la florissante Vniuersité Pari
sienne nostre mere: pour auoir
esperance en Dieu, auec vn honneur entier
au diuin seruiçe, & ne point prendre garde
aux vanités & faulses sottises. Vne laide tache d'erreur surgissante nouuellemétdes an-
ciennes & obscures cachettes,nous a faict
souuenir comme souuent la verité catholique est bien congneue à ceux qui sont stu-
dieux des lettres sacrées,laquelle est ignorée
des autres, veu que tout art a ce de propre,
qu'elle est manifeste à ceux qui se sõt exercés
en icelle, de sorte ¢ de là est vraye ceste pro-
position,àsçauoir, qu'il fault croire à vn cha
cun expert en son art. De là vient aussi ce dire d'Horace, lequel sainct Ierosme prent es-

criuant à Paulin. Les medecins promettent
ce qui eſt propre aux medecins. Les forgeurs
traictent des choſes appartenantes à leurs fa
briques. Ioint à ce que les ſainctes lettres ont
ce de ſpecial, qu'elles ne ſe cōgnoiſſent point
ny par experience, ny par les ſens de nature
comme les autres diſciplines, & ne ſe peuuét
voir ou entendre par les yeux offuſqués d'v-
ne nuée de vices : car leur malice les a aueu-
glés, & pource l'Apoſtre dict que pluſieurs
ont erré en la foy, à cauſe d'auarice: occaſion
pourquoy elle n'eſt point ſans raiſon appellée d'iceluy le ſeruice des Idoles. Lés autres
ſont tombés par leur ingratitude en toute
impieté d'Idolatrie, leſquels, comme recite
le meſme, ayant congneu Dieu, ne l'ont glo-
rifié ainſi qu'il luy appartenoit. Au ſurplus la
volupté effrenée a tiré Salomon à la venera-
tion des idoles, & Didon aux arts de Magie.
Les vns ont eſté contraincts à ce meſme par
leur ſuperbe curioſité, & grande conuoitiſe
de congnoiſtre les choſes occultes. Finale-
ment la craincte miſerable qu'aucuns ont eu
du iour au lendemain a pouſſé les autres à v-
ſer d'obſeruations treſſuperſtitieuſes & meſ-
chantes, comme il eſt noté en Lucain du fils
de Pompée le grand, & aux Hiſtoriés de pluſieurs autres : de maniere qu'il aduient que
le pecheur ſe reculant de Dieu, il ſe deſuoye
en pluſieurs vanités & folies menſongeres:

& en fin tombant imprudemmét en vne pu
blique apoftafie,il fe conuertit du tout à celuy qui eft le pere de menfonge . Ainfi Saül
abandonné de Dieu a efté au confeil à vne
Pythoniffe,à laquelle au parauant il auoit e-
fté contraire: ainfi Ochozias ayant mefprifé
le Dieu d'Ifrael a enuoyé confulter le Dieu
d'Acharon. Bref il eft de neceffite que tous
ceux lefquels font ou par foy ou par œuures
fans le vray Dieu,ilz foient ainfi trompez par
vn faux Dieu. Voyant doncques cefte nefan
de,peftifere, & monftrueufe abominatió de
faulfetés infenfées auoir pris force auecques
fes herefies en ce temps cy plus que de cou-
ftume : de peur que parauenture ce Royaume trefchreftien(lequel iadis n'a point eu de
monftre, & Dieu le gardant, n'en aura) ne
puiffe eftre infecté par ce monftre d'impieté
tant horrible & de trefpernicieufe fouilleu-
re : defirans de toutes nos forces y obuier:e-
ftans au refte memoratifs de noftre profef-
fion, & enflambés d'vn pieux zele de la loy,
nous auons determiné de noter par le cau-
tere de condemnation aucuns articles touchant cefte matiere,de peur que n'eftans ob
mis,ils ne deçoiuent aucun dorefnauant,re-
26.q.7.Nõ
obferuetis. memorans entre autres fentences innumera
bles le dire de ce treffage Docteur fainct Au
guftin, parlant des fuperftitieufes obferua-
tions, que ceux qui croyent à telles chofes,
ou vont en leurs demeures, ou bien les in-
trodui-

troduisent en leurs maisons, ou les interro-
gent qu'ilz sçachent auoir trahy la foy chrestienne & leur baptesme, & estre faicts comme vn payen, apostat, c'est à dire allant arriere de la foy, & ennemy de Dieu : & que mesmes ilz ont encouru griefuemét l'ire de Dieu
à toutiamais : si ce n'est qu'aucun d'iceux, e-
stant corrigé par penitence ecclesiastique, il
soit reconcilié à Dieu : ce dict sainct Augustin. Nostre intention toutesfois n'est point
de deroger en quelque chose, à toutes tradi-
tions, sciences & arts licites & vrayes : mais
nous trauaillons tant qu'il nous est permis,
d'arracher du tout les fols & sacrileges erreurs des mal aduisez, & les brutalles manie-
res de faire, entant qu'elles offençent, souil-
lent & infectent la foy sincere, & la religion
chrestienne : à ce que la verité retiene tousiours purement son degré d'honneur.

Le premier article est : Que croire n'estre
Idolatrie de chercher par les arts de magie,
par malefices & meschantes inuocations les
familiaritez, amitiez & aydes des Diables,
cest erreur : d'autant que le Diable est iugé
l'aduersaire obstiné, & implacable de Dieu
& de l'homme, & n'est apte à receuoir aucun
honneur ou domination, soit par participa-
tion, soit par appropriation, comme sont les
autres creatures raisonnables, qui ne sont
point damnées, & Dieu n'est point honoré
en iceux, en signe, ou comme par quelque si-

F

gne inſtitué ſelon la volonté de l'hóme, ainſi
que ſont les images & les Temples.

Article ſecond: Que donner ou offrir, ou
promettre aux Diables quelque choſe que
ce ſoit, afin qu'ils accompliſſent le deſir de
l'homme: ou bien en l'honneur d'iceux, bai-
ſer ou porter quelque choſe, dire que ce
n'eſt point Idolatrie, erreur.

Art.3. Que faire accord auec les Demós,
tacite ou expres, ce n'eſt point Idolatrie, ou
eſpece d'Idolatrie & apoſtaſie: errenr. Et no⁹
entendós dire qu'il y a pact implicite en toute ſuperſtitieuſe obſeruation, de laquelle l'ef
fect ne ſe doit raiſonnablement attendre de
Dieu ou de nature.

Art.4. Que vouloir enclore, contraindre
& reſerrer par les arts de Magie les Demons
en pierres, anneaux, miroirs, ou images con
ſacrées en leur nom: ou vouloir icelles viui-
fier, ce n'eſt point Idolatrie: erreur.

Art.5. Qu'il eſt licite par arts magiques ou
autres ſuperſtitions deffendues de Dieu ou
de l'Egliſe, faire quelques choſes pour quelque bonne fin: erreur: car ſelon l'Apoſtre, il
ne fault faire mal, afin qu'il en vienne bien.

Art.6. Qu'il eſt licite, & doit eſtre permis
de chaſſer les malefices par autres malefices:
erreur.

Art.7. Que quelqu'vn puiſſe diſpenſer vn
autre en quelque cas que ce ſoit, à licitement
vſer de cé, erreur.

Art. 8. Que les arts de Magie & semblables superstitiós, & leurs observations soiēt
sans raison prohibées de l'Eglise: erreur.

Art. 9. Que Dieu soit induit par art magique & malefices à contraindre les Diables
d'obeyr à ceux qui les inuoquent: erreur.

Art. 10. Que les ensencemens & suffumi-
gations qui se font en l'exercice de telles arts
& malefices soient à l'honneur de Dieu, ou
qu'ils luy plaisent: erreur & blaspheme: car
Dieu autrement ne les deffendroit ou puni-
roit pas.

Art. 11. Que vser de telles choses & en telle maniere n'est pas sacrifier ou immoler
aux Diables, & par consequent idolatrer à
damnation: erreur.

Art. 12. Que les parolles sainctes, & quelques oraisons deuotes, les ieusnes & bains,
la continence corporelle aux enfans & autres: la celebration de la Messe, & autres œu
ures, qui sont de soy bónes, lesquelles se font
pour exercer telles arts, les excusent de mal,
& plustost ne les accusent: erreur. Car par ce
on s'essaye d'immoler aux Diables les choses sacrées: mais qui plus est Dieu mesme en
la saincte Eucharistie, & le Diable procure
ce: car en ce il veult estre honoré ainsi que le
Souuerain, ou pour cacher ses tromperies,
ou pour plus facilement enlaçer les simples,
& les perdre plus damnablement.

Art. 13. Que les saincts prophetes & au-

tres ayent eu par telles arts leursprophecies,
& ayent faict des miracles, ou ayent chaffé
les Diables:erreur & blafpheme.

Art.14. Qu'il eft poffible de contraindre
par telles arts le liberal arbitre de l'homme,
à faire la volonté ou le defir d'vn autre, erreur: & s'efforcer de ce faire eft impieté &
grande mefchanceté.

Art.15. Que pource ces arts fufdictes fonc
bonnes & de Dieu, à caufe qu'il eft licite les
obferuer, d'autât que par icelles fouuent aduient comme defirent ou predifent ceux qui
vient d'icelles, ou pource que aucunesfois
quelque bien fort d'icelles mefmes:erreur.

Art.16. Que les Diables font vrayement
contrainEts & pouffez par telles arts, & que
pluftoft ilz ne feignent ainfi d'eftre côtraints
pour deceuoir les hommes: erreur.

Art.17. Que par telles arts & façons im-
pieufes, par fortileges, par charmes, par inuocations des Diables, par certains change-
més de vifage, & autres malefices, nul effect
iamais s'enfuyt par le miniftere du Diable:
erreur. Car Dieu permet quelquefois telles
chofes aduenir, côme appert aux Magiciens
de Pharaon, & fouuent autrepart, ou pour
experimenter les fideles, ainfi qu'il eft efcrit
en Deuterono. 13. ou pour digne punition
d'aucuns hommes: ou pource que ceux qui
en abufent, ou les confultent, font donnez
en fens reprouué, & meritent d'eftre ainfi

trópez,à cause de leur foy maligne, ou pour
autres pechez non à raconter.

Art. 18. Que les bons Anges soient en-
clos en quelques pierres, & qu'ilz consacrér
aucunes images ou vestemés,ou bien qu'ilz
facent autres choses contenues en telles arts
erreur & blaspheme.

Art.19.Que le sag d'vne huppe ou de bouc
ou d'autre beste, ou du parchemin vierge, ou
du cuir de Lyon, & semblables, ayent quelque vertu, pour contraindre ou dechasser les
Diables, par l'ayde de cesdictes arts:erreur.

Art.20. Que les images d'airin, ou de plôb
ou d'or,ou de cire blâche, ou rouge,ou d'au
tre matiere, estans baptisées, exorcisées,&
consacrées (mais plustoft maudictes) selon
les susdictes arts, & souz certains iours,ayét
les vertus admirables, qui sont recitées és liures qui traictent de telles arts : erreur en la
foy, en la Philosophie naturelle, & en la
vraye Astrologie.

Art.21. Que ce n'est pas Idolatrie & infidelité vser de telles choses,& y adiouster foy
erreur.

Art.22. Qu'il y a aucûs Diablés bons, aucuns benins, les autres qui sçauent tout, les
autres ny sauuez ny damnez:erreur.

Art.23. Que les ensecemèns ou parfuns
qui se font en telles operations sont conuer
tiz en esprits, ou qu'ilz leurs soient deus:
erreur.

Art. 24 . Qu'il y a vn Diable & Demon
Roy d'Orient, principallement par son merite : vn autre d'Occident, vn autre de Septé
trion, vn autre de Midy : erreur.

Art. 25. Que l'intelligence qui faiét mou-
uoir le Ciel aye quelque influence en l'ame
rationelle, cóme le corps du Ciel a au corps
humain : erreur.

Art. 26. Que noz pensées intelleétuelles,
& noz volitions & volótez interieures soiét
immediatement causées du Ciel : & que par
certaine tradition magique elles se peuuent
congnoistre : ou qu'il soit licite iuger certai-
nement d'icelles par ceste tradition : erreur.

Art. 27. Que par aucunes arts de Magie
nous puissions paruenir à la vision de la diui
ne essence, ou des sainéts esprits : erreur.

Ces determinations ont esté faiétes, & a-
pres vne meure & frequente examination
entre nous & noz deputez ont esté conclues
& arrestées en nostre generale assemblée à
Paris aux Mathurins, le matin, estant special
lement de ce requis. l'an 1398. le 19. iour du
moys de Septemb. En foy dequoy nous a-
uons estimé bon mettre à ces presentes lettres le seau de la susdiéte faculté.

Fin de ce present liure.

IE F. François Horace, Docteur en Theologie, de la faculté de Paris, ay visité tout ce present Traicté, contre les Magiciens, Sorciers, Deuins, & semblables, & n'y ay trouué chose contre la foy catholique Romaine, mais bien doctrine de plusieurs Anciens, & ingenieux discours, digne d'estre Imprimé, & communiqué au monde, contre les erreurs qui auiourd'huy pullulent par tout le Christianisme. Tesmoin mon signe manuël icy mis. Faict à Paris le 18. de Mars. 1578.

F. *François Horace.*

EGo subsignatus Doctor regens in sanctissima Theologiæ facultate necnon parochus Ecclesiæ parochialis sancti Petri de arciis in ciuitate Parisiensi, fidem facio hac tabula, me perlegisse præcedentem tractatum corruptos nostri temporis mores graphicè depingentem, & galliam nostram à magicis artibus: vindicare conantem: quemquidem dignum qui typis excudatur reperi. Datum die vigesima secunda mensis Martij. Anno domini millesimo quingentesimo septuagesimo octauo.

Ferry.

www.ingramcontent.com/pod-product-compliance
Lightning Source LLC
Chambersburg PA
CBHW071106260626
47162CB00006B/2225